「中で混じった僕の残滓ごと、
お湯を掻き出されるのも、きみは大好きだよね」

「ぁ、ふ……んっ、んっ……好、き…」

「もう、こんなにとろっとろの淫乱フェイスになって。
なんて愛くるしいんだ」

ラルーナ文庫

至高なる淫乱の愛育法

牧山とも

三交社

CONTENTS

Illustration

山田パン

至高なる淫乱の愛育法

本作品はフィクションです。
実際の人物・団体・事件などにはいっさい関係ありません。

第一章　淫乱《いんらん》への反乱

「また、超憂鬱《ゆううつ》な一日が始まるんだ…」

鏡に映る自身の顔を眺めながら、長野恒紀《ながのこうき》は溜《た》め息をついた。

起床後、洗面所で洗顔と歯磨きをすませての呟《つぶや》きだ。この手のぼやきは、毎朝の日課と化していた。

別段、自らの容貌《ようぼう》に、これといった不満はない。

むしろ、老若男女を問わず、異様に好まれた。

色香滴《したた》る絶世の佳人と、恒紀は周囲の人々から絶賛されている。

全体的に色素が薄く、スレンダーな体格は手足が長い。潤んだような黒目がちの双眸《そうぼう》も、吸い込まれそうに色っぽいと言われる。

以前、恒紀の一瞥《いちべつ》で失神した女性もいて、キラーアイズと噂《うわさ》になった。

いかに贅沢《ぜいたく》な悩みだろうと、当人にとっては頭痛の種だ。

なにしろ、行く先々で二度見では飽き足らぬとばかり、舐《な》め回す勢いでガン見される。秋波まじりに話しかけられる確率も九割を超える。

理由は当然、恒紀の麗容と垂れ流しの色気ゆえだ。

イケメン俳優や芸能人でもない一般人なのにと、頭が痛い。

どれほど目立たぬよう努めるも、無駄な徒労に終わる。滲《にじ》み出る悩殺オーラを、どうにも隠せず参った。

恒紀が街を歩くと、いつの間にか人が集まる。

花の蜜《みつ》に群がる蝶《ちょう》のごとく、どこからともなく誰《だれ》かしら恒紀を見つける。発見し次第、寄ってこられては口説かれる。

冗談抜きに、一日で十数人に声をかけられることも珍しくなかった。

見向きもされない人生も寂しいが、何事も限度がある。

サインや握手、写真撮影を求められても、困るのだ。芸能界に興味もないから、プロダクション関係者の執拗《しつよう》なスカウトもすべて断っていた。

自分は、ただの平凡な、いち大学生にすぎない。

「マジで、みんな、おれを放っておいてほしい」

再び呟いて嘆息し、恒紀は洗面所をあとにして二階の自室に戻った。パジャマから外出着に着替えるためだ。

服装も淡く優しい色目が多いせいか、上品と好評だった。ファッショナブルと褒められもする。

今日は、白の長袖カットソーに、黒の細身のパンツを合わせる。

四月も半ばといえど、若干肌寒い。なので、出がけにはアイスグレーの薄手のハーフコートを羽織るつもりでいた。

そもそも、出かける行為自体が億劫《おっくう》なこの頃だ。とはいえ、学生の分際でそうも言っていられまい。

諦観《ていかん》ぎみにかぶりを振って気鬱を払い、気合を入れる。

ひとりでいられる場所を除き、常に気は抜けなかった。

「笑顔だ、おれ」

姿見の中の自分に、いつもどおり暗示をかける。

実はネガティブ思考な己は秘し、偽りの微笑《ほほえ》みを湛《たた》えた。物心がついた頃以来の習慣である。

暗い性格とは、少々異なる。人より引っ込み思案で、自己主張が苦手なだけだ。

周囲からの好評価に反して、恒紀は自分に自信がない。けれど、そんなことはおくびにも出さず、あえて朗らかに振る舞っていた。他人に対してのみならず、両親の前でも同様の態度を取る。

わけありだが、幼い時分から培われた癖だ。

自室を出て階段を下り、ダイニングルームに向かった。近づくにつれて漂ってくる香ばしい大蒜《にんにく》の香りに、漏れかけた呻《うめ》きを堪《こら》える。

なんとか微笑を保ったまま、リビングを通って食卓にいる父母へ挨拶《あいさつ》する。

「おはよう。父さん、母さん」

「ああ。おはよう、恒紀」

「恒ちゃん、おはよう」

父親の真利《まさとし》が、英字新聞をたたんで脇《わき》に置いた。恒紀を見て、双眼を細める。

本日も、ブルーストライプのシャツに紺のネクタイを粋に着こなしている。スーツの上着は、リビングの壁際にハンガーで吊《つ》るされていた。

我が父ながら、肉親の贔屓目《ひいきめ》なしに苦み走った美初老だ。五十二歳にしては若々しく、肌艶《はだつや》もよかった。父親参観のたび、『かっこいいパパでいいな』と同級生にも羨《うらや》ましがられたものだ。

母親で専業主婦ののぞみは四十五歳で、父とは七歳違いになる。彼女も一見、年齢不詳の部類だ。

父いわく、いくつになっても透明感に溢《あふ》れた永遠の美少女らしい。

年のわりにきれいなほうだとは思うが、そこまで同意はしかねた。百歩譲って、子供っぽい天然な言動は、さもありなんだ。

彼女はほぼ家を出ないにもかかわらず、日々化粧し、洒落《しゃれ》た格好で過ごす。

おそらく、父親の好みなのだろう。本日はサーモンピンクのワンピース姿の母が、満面の笑みで言い添えた。

「朝ごはん、ちょうどできたところなの。しっかり食べてね、恒ちゃん」

「うん。…いただきます」

「召し上がれ。真利さんも、どうぞ？」

「のぞみさん。美味《おい》しい食事を、いつもありがとう」

「どういたしまして」

「む。やっぱり、きみの料理は絶品だな」

「あなたのお口に合って、私もうれしいわ」

隙《すき》あらば、いちゃつく両親をよそに、恒紀が食卓を眺める。

献立は、朝食らしくパン食かと思いきや、違った。廊下まで香った大蒜のにおいの源は、ガーリックトーストではない。

眼前には、ボリュームたっぷりのステーキが供されていた。

起き抜けの胃腸が気の毒なほどヘビーな量だ。軽く五百グラムはありそうな分厚さに、気が遠くなりかける。

焼き具合はレアと、悲しくも経験上、知っている。汁物も味噌汁《みそしる》でなく、身まで入ったスッポンのスープで泣けてくる。

つけあわせの野菜数種の中へも、揚げた大蒜がてんこ盛りで眩暈《めまい》がした。ほかにも、副菜を含め、いわゆるスタミナ料理が何皿も並ぶ。

長野家の朝食は毎朝、どこぞの王族の晩餐会《ばんさんかい》かと嘆きたくなる豪勢さだ。

牛豚鶏肉の比率でいくと、牛の供給率が圧倒的に高い。肉食に伴い、野菜の量もかなりのものだ。無論、魚料理も抜かりなくある。

朝から、これほどの品数をつくれる母は天晴《あっぱれ》だ。美味しいし、ありがたいし、頭が下がる。とはいえ、恒紀は正直、普通の和食でいい。なんなら、トーストにコーヒーとフルーツ程度で、全然かまわなかった。

まったく健啖家《けんたんか》でもない。どちらかというと小食な分、切実に願うも、実際は意見できずに現状に至る。

下手をすれば、三食肉づくしの日もあった。

基本的に、精力をつける料理がメインだ。その根拠が明白なだけに、胃共々、萎《な》える。

本日も、通学バッグに忍ばせている胃薬の世話になること請け合いだ。

「どうした、恒紀。足りないのか？」

「そうなの!?　なにが食べたいのかしら？　ローストビーフ？」

とんでもない勘違いをされて、恒紀が椅子《いす》から崩れ落ちかける。それを意地で踏みとどまり、ポーカーフェイスで躱《かわ》す。

「違うよ」

「我慢はよくないぞ。朝食は一日で最も大事だからな」

「恒ちゃん、遠慮しないで言って？　ウナギの蒲焼き？」

「充分だってば。どれも美味しそうで、なにから食べようか迷ってるの」

「本当に？」

「うん」

「なんだ。そうか」

「そうだよ」

痩《や》せの大食いを地でいく父の早とちり発言を、力強く否定した。

なけなしの食欲が、一気に失せるところだった。文句をつけたかったが、実質的な口答えはしない。本音は呑《の》み込み、気力を奮い立たせた。

おもむろに箸《はし》を取り、胸中のげんなり感は面《おもて》へ出さずに食べ始める。

不意に、テレビ画面が視界の端へ映った。なにげなく見遣《みや》って、危うく頬《ほお》が引き攣《つ》りかける。

セックスで、どの体位が一番快感かのテーマが取り上げられていたせいだ。

「石村《いしむら》先生のイチオシはどれですか？」

「難しい質問ですね。人によって、感じ方は千差万別ですから。正常位が悦《い》いという意見もあれば、後背位でないとオーガズムに達しないという方《かた》もいらっしゃいます。それぞれのカップルが自分たちに合った体位を見い出すことが、大切かと思います」

「体位がありすぎて、大変な気もしますが？」

「私としては、そこもぜひ楽しんでいただきたいですね。探求の過程で、互いの愛情が深まるメリットがありますから」

「なるほど」

爽《さわ》やかな朝をぶち壊されたデメリットに、恒紀がブルーになる。

コメントするダークスーツに眼鏡《めがね》の男性には、見覚えがあった。

たしか、石村柊《しゅう》という著名な医師である。まだ三十代の若さだが、性科学分野研究の権威らしかった。

硬い肩書きとは裏腹に、モデルと紹介されても不思議はない冷艶な美形だ。

就く職業を間違えたのではと思い、記憶に残っていた。

不自然にならぬよう、恒紀は画面から視線を背けた。そこへ、母が茶を飲みつつおっとりと訊《たず》ねてくる。

「ねえ、恒ちゃん」

「なに？」

「今朝《けさ》は何回、オナニーしたの？」

「……………」

咄嗟《とっさ》に、気道へ肉片を詰まらせて窒息死しそうな問いかけだ。

親が子供へ訊《き》く質問とは、にわかに信じ難いかもしれない。一昔前の家庭だと考えられない会話らしいものの、今の社会ではごく一般的だ。

天気の話題くらい、性に関する話が親子間で気軽にやりとりされる。なので、恒紀も顔色ひとつ変えず、咀嚼《そしゃく》をつづけた。

口の中に食べ物を入れた状態で話すのは、行儀が悪い。

呑み込んだ直後、母親がなおも両眼を輝かせ、重ねて問う。

「あとね、夢精はしなかったの？」

「母さんてば、そればっかり」

「だって、恒ちゃん」

拗《す》ねた素振りをされて、天井を仰ぎたい衝動を抑えた。本来、愚痴をこぼすべきは自分のはずと絶叫できたら、どんなに爽快《そうかい》になれるか。

次の彼女の台詞《せりふ》も予想しながら、恒紀は本心を覆って応じる。

「してないよ」

「あら、残念だわ。私、息子が夢精で汚した下着とかパジャマを洗うのが夢なんだけど、恒ちゃんはなかなかしないのね」

「ごめん。あんまり、夢って見ないんだよ。見てても、覚えてなくて」

「でも、いつか一回くらいはお願いできる？」

「そのうちね」

「必ずよ？」

「…わかった」

無茶な注文をつける母は、純真無垢《むく》で性質《たち》が悪かった。自らの言葉が、どれだけ恒紀の負担になるか考えもしない。否、考えられないのだ。

　今さらだけれどと嘆息を押し殺した瞬間、なおも追い打ちをかけられる。

「楽しみに待ってるわ。じゃあ、オナニーのほうは？」

「えっと…」

「昨日は四回だったわよね」

「…うん」

　責め苦の連続に、いっそ、ステーキの上へ顔から突っ伏したかった。

　突っ込んだ赤裸々な内容を遠慮なく交わす日常が、嘆かわしい。プライバシーはどこにと詮《せん》ない感傷に浸った。

　現代の日本人は、愛欲を極めて肯定的に捉《とら》えている。

　事の発端は、未知なる疫病による世界的な人口減少だった。致死率と感染率が高いウイルスで、パンデミックが起きた。

　世界中の医療関係学者が叡智《えいち》を結集し、ワクチン開発が急務となった。三年の年月をかけて、ようやくワクチンが完成して封じ込めに成功した。その間、各国は人口の四分の一を失う代償を払った。

　日本は世界各国に比べ、当時、疫病とは無関係に人口激減はさらに深刻な状況といえた。

大都市圏は懸案とほど遠くも、それはごく一部に限られた。

特に、地方の農村部は過疎化と高齢化が止まらなかった。集落どころか、町村ごとなくなる事例も顕著になっていた。

この現状を重く見た専門家が、あと二世紀も経たずに日本人は絶滅してしまうとの統計を学会で述べた。

遅きに失すれば、一世紀も持たない。早急な対策を講じるべしと、多くの有識者も賛同し、為政者へ警鐘を鳴らした。

待ったなしの警告に驚嘆する暇もないほど、事態は差し迫っていた。

彼らの勧告を受けて、政府も重い腰をようやく上げた。

まず、子供を育てつつ働く母親やシングルマザー、シングルファザーのサポート等々、子供にかかわる援助に莫大《ばくだい》な予算を投じた。

義務教育は言うに及ばず、大学までの教育費と医療費も無償にする。不妊治療の保険適用、就学前の子供用保育施設の充実、育児休暇や産後の女性の職場復帰も義務づけた。大小を問わず、企業内に保育所を設けることもだ。

考えうる、ありとあらゆる手段で、子育てがしやすい様々な大改革に手をつけた。同時に、雇用対策や税制も抜本的に見直す大鉈《おおなた》が振るわれた。

なにより、問題の根幹たる少子化へ歯止めをかけなければならない。そのため、支援策を補強する形で『性愛奨励法』が立法化された。

晩婚化、生涯未婚率の増加をはじめ、恋愛すらしない若者が数多《あまた》いる現実を解決しない限り、出生率の上昇が見込めないと踏んだのだ。

つまり、国家規模で恋愛を推奨しようといった法律である。

もちろん、細かい規律も定められた。たとえば、十五歳未満の児童と成人の性行為は、厳格に取り締まられる。

どこからがアウトかというと、五秒以上の抱擁、唇同士のキスだ。手を繋《つな》ぐ、腕や肩を組むのはセーフだが、これも『着衣で』との条件が課されている。本番そのものは言うまでもなかろう。

違反した場合、懲役十年の実刑が下される。初犯といえど、執行猶予はつかない。仮に、双方が合意の上でもだ。

厳しいけれど、心身ともに、まだ未熟な子供を守る意思に基づいた判断だ。

十五歳未満同士の場合、補導される。万が一、身ごもってしまっても、自活できていない以上、産まれてくる子供を育てられない。産んだにせよ、子供が子供を育てることになり、いろいろな面で無理が生じるゆえだ。

恋愛推奨と逆行するようだが、無責任な行動は禁じられた。命の尊さを教えるのも、大人の肝要な義務だからだ。

一方、十六歳以上の未成年については、保護者と本人の同意があれば、性行為も婚姻も可能になる。

成人は法律の範囲内なら、自由に恋愛を謳歌《おうか》できた。ただし、公共の場での行き過ぎた行為は処罰の対象だ。

これらの法整備は、大多数の諸外国は日本に先んじて行っていた。

要するに、『性にアグレッシブ＝淫乱なことが美徳』といった観念が、グローバルスタンダードな社会なのだ。

この施策における国のキャッチコピーも、『NO LIFE NO INRAN《ノーライフノーインラン》』だった。

いろんなバージョンの政府広報がテレビＣＭで、ばんばん流れている。国策とあり、ドラマや映画もラブシーンの規制がゆるくなった。

犯罪の助長、暴力的なシーンがない作品は、視聴に年齢制限もない。

子供の頃から、性的な事柄に免疫をつける狙《ねら》いだとか。もうひとつ、夫婦間のセックスレスを防ぎ、子づくりに励んでもらう目論見《もくろみ》もあったそうだ。

こういった政策が功を奏し始めたのか、近年、出生率が上がってきた。今や、平均五人兄弟が当たり前になりつつある。

街中を歩いても、恋人たちが微笑ましく堂々といちゃついている。年配者のカップルも、けっこういた。

どの年齢層にも、公序良俗に反すると目くじらを立てる人はいなかった。

かつてはラブホテルと呼ばれ、現在はアダルトホテルと言われている建物も、あちこちで目につく。

いわゆるホテル街に足を運ばずとも、コンビニエンスストア並みに点在した。シックな外観や良心的な価格設定が、利用しやすい点だ。

他方、いくら性愛推奨の社会にしろ、誰とでも奔放につきあっていいわけではない。あくまで、恋人や配偶者との心の結びつきが、肉体的な繋がりにおいても快楽を得る関係性を育むのが目的だ。だから、浮気は非難の的になる。

愛する相手にとって、互いがいかに淫乱であれるかが重要視された。

従って、より淫乱な者が尊ばれる。『淫乱だね』という評価は、世界共通の最上級の褒め言葉で、誰もが言われたいと憧《あこが》れる。

淫乱なパートナーを持つ人は、その事実を誇りに思う。

並行して、自らも相手にふさわしい淫乱になろうと勤《いそ》しんだ。彼らの多くは概《おおむ》ね、べッドインでの技術向上に精を出す。

かといって、性行為での媚薬《びやく》等使用は違法で、科料や懲役刑に処される。

どこまでも、心と心の絆《きずな》を重んじるのが『性愛奨励法』の大前提だ。自然な交わりから自《おの》ずと会話が生まれ、どこをどう触られたら悦いと、両者が理解し合える。

そうなれば、いちだんと奥深い性交渉で快感を見い出せるとの識者による分析だ。

ちなみに、性的マイノリティへの偏見は現在、まったくない。かえって、淫乱に磨きをかけるためのステップと歓迎されている。

遅ればせながら他国に倣い、数年前、日本でも性的マイノリティの権利が憲法に明文化された。同性婚も今や、当たり前である。

同性同士のカップルは、代理出産、もしくは事情があって親許《おやもと》での養育が叶《かな》わない子供たちを養子にして育てるのが通例だ。

これにより、性愛を勧める社会的環境の整備は完全に整った。

学校の学習指導要綱にも、性教育は最重要と位置づけられてひさしい。就学前の幼児教育から、性教育を導入する幼稚園や保育園も人気と聞く。

恒紀が生まれたときは、すでに性に対して非常にオープンな世の中だった。

こんな時代に生を受けた自分が、なんとも恨めしい。

弱冠二十一歳で世を憂う恒紀は、淫乱が素晴らしいともてはやされる風潮下で、性方面に興味がなかった。

淫乱な人間にも、淫乱と褒めそやされる己にも虫唾《むしず》が走る。けれど、間違っても口にはできず、黙っている。

迂闊《うかつ》に言えば、異端者と看做《みな》されかねない。それは、できるなら避けたかった。

一方で、性に無関心ということは、自分はどこかおかしいのではないか。ひいては、誰もがも一生愛せないのではと、密《ひそ》かな悩みを抱えていた。

問題の性質上、むやみに相談もできない。心配をかけるとわかっていて、両親へも打ち明けづらい。

気づけば、秘密を持って十年近くが経つ。長ずるにつれて、懊悩《おうのう》や葛藤《かっとう》はひどくなるも、打開策は未発見だ。

もはや、慣例となっている母の問いも、ひたすら耐える。

現代に生きる恒紀とて、性関連の話に恥ずかしさは希薄だ。ただ、己の欠陥を繰り返し突きつけられる心地ゆえに、拷問クエスチョンといえる。

無意識に眉間《みけん》へ力が入る寸前、皺《しわ》が寄るのを根性で抑えた。

こちらの苦悩も知らず、父が呑気《のんき》につけ加える。

「恒紀のオナニーに対抗したわけじゃないが、わたしたちは、早朝から二度も愛し合ったよ。しどけない寝姿ののぞみさんが、あまりにセクシーで燃えてしまってね」

「嫌だわ、真利さんたら」

「本当のことだよ。きみは普段は可愛《かわい》いが、セックス中は淫《みだ》らで美しい」

「あなたも、とても淫乱で惚《ほ》れ惚《ぼ》れしたわ」

「わたしの台詞を取らないでくれるかい？　我が麗しの淫乱姫」

「そんなふうに言わないで。また欲しくなっちゃうでしょ」

「出勤前に、きみとセックスできるなんて光栄だな」

「真利さん…」

「のぞみ」

見つめ合い、今にも手を握り合いそうなラブムードだ。

呼び捨てにされた母など、陶酔の面持ちで父を見つめている。放っておくと、食卓が大惨事になりかねなかった。

惚気《のろけ》はともかく、両親のベッド事情なんて聞きたくもない。生々しいものを想像させないでくれと、本気で願った。

恒紀が思春期以降も、ふたりは息子の前でもかまわず、平然とじゃれ合う。

ハグしたり、意味深に身体《からだ》へ触れたりは序の口だ。さすがに情事には至らなくも、熱烈なディープキスは平気でする。

結婚二十五年を過ぎても仲睦《なかむつ》まじいのはいいが、よそでやってほしい。

視覚と聴覚の暴力と変わらぬ戯れを、一刻も早く止めたい。その一心で、本当は自慰なんかしていない恒紀が適当に返す。

「オナニーは、二回したかな」

「えっ⁉」

淡々と答えた途端、母親が夢心地の顔つきを一変させた。

正気づき、まるで余命宣告でも受けたように両目を瞠《みは》って恒紀に目線を向ける。彼女の左斜め隣に座る父親も、端整な眉《まゆ》をひそめていた。

「……恒ちゃん、今、何回って言ったの？」

「二回だけど」

「やっぱり、私の聞き間違いじゃなかったのね…」

通夜中の遺族ばりに、悲愴《ひそう》感もあらわな震えた声で母が呟いた。両親のもの言いたげな視線が痛くて、いたたまれない。

箸を置き、表情を引き締めた父も、恒紀のほうへ身を乗り出す。

「恒紀。たしかに、二回なのか」

「そうだよ」

昨日の四回を含め、毎日の申告も虚偽だがと思いつつ、うなずいた。

ますます、母親がこの世の終わりめいた気配を醸し出す。それを宥《なだ》める父親の顔つきも硬かった。

「少ないな。熱でもあるのか？」

「別に、なんともない」

「今、交際中の人もいないと言っていたな」

「うん」

「つまり、最近はセックスもしてないと」

「…わりと、ご無沙汰《ぶさた》だね」

久々どころか、いまだ童貞の恒紀だ。便宜上、前に恋人が数名いてセックス経験もあるが、現在はフリーを装っていた。

「体調が悪いわけじゃないんだな？」

「平気だよ」

「…うむ。おまえの年齢だと、平均で四、五回はするはずなんだが」

片手で顎《あご》を撫《な》でて唸《うな》った父を後目《しりめ》に、母が椅子から立ち上がった。そして、悲鳴のような声で叫ぶ。

「二回だなんて、おかしいわよ。そもそも、恋人と別れて半年も経つのよ!? この間、セックスも、ずっとしてないってことでしょ？」

「まあね」

「恒ちゃん、病院へ検査に行きましょう!!」

「は？」

「何科を受診すればいいのかしら。その前に、保険証を用意しないと。それから……」

「のぞみさん、落ち着いて」

「でも、真利さんっ」

「ここは、わたしに任せてくれないかい？」

「あ……ごめんなさい。私ったら、取り乱してしまって」

エプロンの裾《すそ》を握りしめて息巻いていた母に、父が微笑みかける。

恒紀にすれば、オナニーの回数程度で大騒ぎされて、閉口した。まして、問答無用の病気扱いは、いくら家族だろうとひどい。

だいいち、朝から約五回もするほうがおかしいというのが恒紀の感覚だ。

前歯の裏側まで出かかった反論を、すんでで飲み下す。その傍ら、世間の健康な男子が皆、そうなのかと考えて、暗澹《あんたん》たる心境になった。

なんとか平常心を貫いていると、母親が溜め息をつく。

「あなたに、プロにお願いするわ」

「ありがとう。のぞみさん」

「ううん」

母の言葉どおり、父はなにを隠そうこの道の専門家である。

テレビに出ている医師の石村と同じく、性学博士かつ性科学学会の重鎮だ。それも、性教育における国内最高峰たる国立性修《せいしゅう》大学の学長だった。政府の人口増加戦略プロジェクトチームの諮問会議メンバーでもあった。

父方の家系は代々、学者を多く輩出していた。

恒紀の曾祖父《そうそふ》、父親の祖父が工学分野で大発明を為《な》し、世界中で特許を取った。そのため、長野本家は相当な資産家にも名を連ねている。

五人兄弟の次男の父以外も、紅一点の叔母《おば》を除いて各方面の研究者だ。彼女が財団を運営し、資産運用や管理を任されているとか。

この叔母と母が女子高以来の親友という縁で、父とも出会ったそうだ。

美貌《びぼう》の妻に似た一粒種の恒紀を、多忙な中、父親は可愛がってくれた。だが、実際はひとり息子よりも妻を盲愛する超愛妻家だ。

加えて、彼は常々、ダンディ淫乱フェロモン全開だった。恒紀は容姿は母、淫乱オーラは父親譲りとみえる。

言うなれば天賦の才で、不本意な遺伝と歯痒《はがゆ》い。

誰とも性的な経験を持っていないのに、天性ゆえに炸裂《さくれつ》しまくりの淫乱フェロモンが憎らしかった。

それはともかく、今はスペシャリストの心眼を欺かねばならない。

「恒紀。身体だけじゃなく、心に問題を抱えているなら、相談に乗るよ？」

「父さん」

「困ってることがあれば、わたしがなんでも聞こう」

「………」

目を逸《そ》らしては負けと、恒紀は己に言い聞かせた。細心の注意を払い、ナチュラルな微笑に見えるよう口角を上げる。

ここが勝負と、密かに下腹へ力を入れた。

「ふたりとも、おおげさだな」

「うん？」

「恒ちゃん？」

心配げな眼差《まなざ》しが煩わしいが、年季が入ったつくり笑顔を浮かべた。次いで、あらかじめ用意ずみの言い訳を告げる。

「やだな、もう。おれの現状、忘れたの？」

「恒紀？」

「…どういうことなの？」

「あのね。おれ、卒業論文の準備に取りかからないとだめな、大学三年生だよ」

「おお！」

「あら！」

いささか呆《あき》れたような声音を、わざと出す。すると、即座に得心がいったとばかりに、両親が顔を見合わせた。

間を置かず、恒紀は併せてつづける。

「単に、昨夜《ゆうべ》は卒論の作成に必要な資料を遅くまで調べてたから、今朝は寝坊しちゃっただけ。だから、オナニーに回す時間がなかったんだ」

「そういうことか」

「よかったわ」

「わかってもらえた？」

「ええ」

「すっかり、失念していたな」

「頼むよ。父さんまで忘れるなんて、ひどいし」

「はいはい。すまなかったね」

尤《もっと》もらしい言い分に、両親が目に見えて安堵《あんど》した。

今回も、無事に危機を乗り越えられた。内心、恒紀が胸を撫で下ろしていると、母が再度、無邪気に肯《がえ》んじる。

「そうよ。恒ちゃんは卒業論文のほかに、性修大の大学院に行くためのお勉強もしてるんだもの。時間の都合で、オナニーが二回でも仕方ないわ」

「…でしょ」

「いいえ。忙しくて大変な中、二回もするなんて、とっても偉いわ。ねえ、真利さん」

「ああ。さすがは、わたしたち自慢の息子だ」

「本当にね。今度こそ、性修大に合格できるわ」

「……頑張るよ」

母親のエールに、悪気がないのはわかっている。それでも、恒紀にとっては多大な精神的苦痛だ。

訴えられないのが無念と唇の内側を嚙《か》んでいたら、彼女が手を叩《たた》いた。

「そうだわ。大学院の試験が終わるまでは、オナニーは夜にしたらどうかしら？」

「え」

「それなら、朝はしなくてすむでしょう」

「……っ」

突拍子もない提案をされて、恒紀が一瞬、固まる。

対照的に、母親は弾《はじ》けんばかりの笑顔だ。はしゃいだ声で、悪夢のようなつづきを口にする。

「お勉強の前にすませるの。すっきりして、集中力も増すはずよ！」

「や。でも…」

「おお。いいアイデアだね。さすがは、のぞみさんだ」

「真利さんも、賛成してくださる？」

「無論だとも。恒紀、今夜から早速やってごらん」

なにがあろうと妻の肩を持つ男に、言い返す気力もなくなる。

もはや、悟りに近い境地で、恒紀は相槌《あいづち》を打った。さすがに、自室まで確認しにはこないので、しなければいいだけの話だ。

「……そうだね」

「私、恒ちゃんのために、精がつく夜食を張り切ってつくっちゃう」

「ありがと…」

「リクエストがあったら言ってちょうだい」

「…うん」

結局、いつもみたいに押し切られる形で決着した。

『お父さんみたいな立派な淫乱になるのよ』が口癖の母親だ。そのためには、手段を選ばない人だったと、遠くを見るような目つきで思い出す。

なにせ、積木やぬいぐるみでなく、アダルトグッズを玩具《おもちゃ》として与えるつわものだ。

恒紀の首が据わる前の乳児期からと聞いている。そして、絵本やアニメの代替品に、世界中の厳選された名作アダルトビデオを見せる徹底ぶりときた。

また、いろはカルタならぬ、淫乱カルタを独自でつくる入れ込みようだ。

《あ》なら、『あんと喘《あえ》ぐと、いい気持ち』、《い》なら『淫乱の道、極めたい』という具合に、性にまつわる標語めいたもので統一されていた。

五十音分、今も全部、頭に入っているのが忌まわしい。

漢字とか英単語なら、まだしもだ。体位名に性技用語、あげくに淫乱カルタを完璧《かんぺき》に覚えた幼児の自分は微妙すぎる。

やれ騎乗位だ、フェラチオだのも、もの悲しい。この上、大人から淫乱カルタで《き》とお題を出されて『キスでメロメロ、腰砕け』だのと、たどたどしい口調で披露した過去は、汚点でしかない。

三つ子の魂百までとは真実で、子供の頃に学んだことは身についている。実践こそ伴っていない、耳年増である。

果たして、情操教育に最適かどうかは、非常に謎《なぞ》だ。

異常に熱心な性教育が、恒紀の心の成長を歪《ゆが》めた原因ではと思わなくもない。幼少期からの過度な英才性教育によって、弊害が生じたとの仮説だ。

父親のようになれとの押しつけも、重圧になっていた。

その結果なのか、三年前、恒紀は本命の国立性修大学に落ちた。受験当日、大風邪《かぜ》をひいてしまったのだ。合格確実と目されていた分、青天の霹靂《へきれき》といえた。

体調不良なら仕方ないと両親に慰めてもらうも、気は重かった。

深層心理で、受かりたくないという意識が働いたのではと罪悪感も芽生えた。

早い時期に親へ反抗できていれば、たぶん楽だった。でも、性教育同様、『母親に優しく』と父に叩き込まれて育ったので無理だ。

母方の実家は、ラグジュアリーなホテルから、アダルトホテルまで手広く経営する国内有数の裕福な家である。なに不自由ない、お嬢さま育ちの母だが、身体だけはあまり強くなかった。

恒紀の出産後、子供はもう望めぬと医師に宣告されたらしい。

幼い折、弟がほしいとねだったことがあった。そんな自分に、産んであげられなくてごめんねと泣いた彼女の姿が、脳裏に焼きついている。

妻を全身全霊で愛《いと》おしむ父は、以降、息子に母親を大切にするよう刷り込んだ。

子供心に、母を傷つけたとわかった。以後、我が家でそれは禁句となった。母を泣かせてしまった罪滅ぼしもあり、いい子に徹した。

今どき珍しく恒紀がひとりっ子なのは、そういう事情だ。だから、両親の愛情は兄弟へ分散されず、自分のみに向けられる。

殊に、母親は惜しみない期待とプレッシャーを天真爛漫《てんしんらんまん》にかけてくる。めぼしい対抗手段もなく、とうに諦念状態だ。

目下、恒紀は性教育に関してはワンランク下の、滑り止めに受けた私立性教《せいきょう》大学に在籍している。そこの性科学部三年生だ。

格下といっても、性修大には及ばないながら、性教大も私立の中においてはトップクラスの名門だ。世間の認知度や偏差値も、相応に高い。通っている学生は、良家の子女が多かった。

将来は、中学校か高校の性学教師になるのが目標だ。修士課程を修める気はあれど、博士号を取るつもりはない。

同じ教育者の道だが、父親のような学者になりたくはなかった。父と同分野に進むだけで、母には勘弁してほしい。一生、比較されつづけるのは御免だった。

なにより、自分みたいな考えの子供がいないとも限らない。そんな同類のシェルター的存在の教師が現場にひとりくらいいてもいいだろう。わかってくれる人がいるだけで救われるし、いらぬ苦悩をせずにすむ。

しかし、性修大受験に失敗した事実は、地味に尾を引いた。

学長を務める父親の子にあるまじき失態と、悩みは尽きない。

自身が、父の顔に泥を塗った存在に思えて心苦しかった。その黒歴史を払拭《ふっしょく》すべく、大学院こそは性修大に行くよう鋭意努力中だ。

性欲が持てない己に強烈なコンプレックスもある分、なおさらだ。近頃は、社会不適合者との負い目も加わり、悩ましい。

性的に不能ならあきらめもつくが、一応、機能はしている。

月に一、二回、気が向けば自慰するので、正常だろう。それが生理的、機械的な作業でしかないのが問題なのだ。

こぼれそうになった溜め息を、咳払《せきばら》いでごまかす。

黙々と朝食を片づける恒紀に、母が悪意なく追撃する。

「恒ちゃんは、体調さえ万全ならきっと大丈夫よ。唯一無二の淫乱さと優秀な頭脳を誇る、真利さんの息子だもの」

「うん…」

「わたしの愛しい淫乱姫の息子でもあるよ」

「私たちの愛の結晶の恒ちゃん、お父さんのような立派な淫乱を目指して、次こそは性修大の大学院試験に受かってね」

「恒紀は絶対に、のぞみさんの望みを叶えてくれるよ。な？」

「信じてるわ」

「…全力を尽くすよ」

相変わらずの猛プレッシャーに、吐き気がした。

母親からは、こうやって毎日うるさく激励される。父親には、『お母さんに心配をかけるな』と無言の圧力をかけられるしで、恒紀のストレスは溜まるばかりだ。

反面、秘密を抱える身では、うっかり反発もできない。

鬱々《うつうつ》とする気持ちを堪えて食事をすませ、席を立った。使った食器をシンクに運ぶ。

自室へ赴いてコートをまとい、バッグを手に玄関へ直行した。

「行ってきます」

「気をつけてね」

見送りにきた母に軽く手を上げ、自宅を出る。

恒紀の家は、都内でも有数の高級住宅街の田園調布《でんえんちょうふ》にある一軒家だ。三階建ての洋館は、庭に広いガレージ、地下室も完備されている。最寄り駅までは徒歩六分かかる。大学は横浜市内にあって、電車通学だった。

駅に向かう道中、ホームや電車内も、他人の視線が無遠慮に投げかけられる。

キャンパス内も似た状況とあり、授業開始ギリギリに行く。

無事、午後一時半に今日の講義を終えた。テキスト類をバッグにしまい、講義室を出た途端、誘惑レースが始まる。

ひとりやふたりどころではない。性別関係なく、恒紀をデートに誘いたい先輩、後輩、同級生に他校の学生、果ては大学職員までが押し寄せていた。

あまりの人数に、別名ナンパシャワータイムとも呼ばれている。正門までの一本道は、通称ナンパロードだ。

「長野くん。今夜、一緒に食事しない？」

「お芝居のチケットを取ったんですけど、長野先輩どうですか？」

「モネの美術展に行きたがってたよね？」

「クラシックのコンサートはどうだ？　ヴァイオリニストのロビーが来日してるんだ」

「きみが読みたがってた海外の本が手に入ったから、うちに来ないか？」

「我が家で開くパーティに招待するよ」

「生まれたての子猫を見にきて。とても可愛いの」

各自、様々に恒紀の気を引こうと懸命だ。

恒紀が講義棟をあとにし、大学を出る間中、これはつづく。

なにかの拍子で恋人がいないと知られて以来、この有様だった。

学内で『淫乱王子《プリンス》』と心外な称号を持つ自分をゲットしようと、全員が本気モードで迫ってくる。

ゆっくりと歩を進める恒紀に、ふとなにかが触れた。すかさず、若い女性の黄色い声が聞こえる。

「きゃっ。どさくさまぎれに淫乱王子にタッチできちゃった♡」

「いいなあ。淫乱フェロモン、お裾分けじゃん」

「すっごく、いい香りするよ〜。分泌物も、常人と違って淫乱パフュームって感じ」

「どうしたら、あんな非の打ちどころがない淫乱になれるのかな」

「見習わないとね。あの華麗な淫乱さを！」

「ね!!」

「………」

等身大の自分も知らずに、なんたる言われ様とテンションが下がった。

淫乱と連呼されて、嫌気もさす。どんなに称賛だろうとだ。恒紀とて、好きで淫乱フェロモンを垂れ流しているわけではない。

しかし、弁明したくも、それはタブーだ。断腸の思いでいる恒紀をよそに、デート依頼はさらに殺到しつづけた。

全部、拒絶したいのはやまやまだが、そうもいかないのがつらい。だいいち、断ると、理由の説明が面倒だった。

元来、極秘事項ゆえに、口が裂けても言えまい。

だいたい、昨今はよほどの事情がなければ、純然たる好意による誘いを断るのは失礼と判じられる。いらぬ波風は、立てないほうがいい。

すっかり沁《し》みついた処世術で、事なかれ主義を貫く。

「では、恐縮ですが選ばせていただきます」

「お。いよいよだぞ」

「お願い。あたしを呼んで！」

「今日こそ、来い!!」

足を止めた恒紀が、前髪を掻《か》き上げながら恭しく言った。全員が固唾《かたず》を呑んで見守る中、プリンス風を演じる己が毎度、恥ずかしくて情けない。というか、なんで自分がこんなことをと、内情は恨み節の嵐《あらし》だ。

しかし、性格上、横柄な言動も取れず、こうなる。それを、『淫乱王子は気品もハイレベル』と好意的に受け止めた人々に、感嘆される悪循環だ。

棒読みにならないよう注意しつつ、にこやかに告げる。

「まずは、そちらにいらっしゃる淡いピンク色のカーディガンをお召しの女性の方」

「私!?」

「あと、後ろのほうにおいでのグレーのストールを肩にかけてらっしゃる貴女《あなた》」

「やった！」

「最後に、吉川《よしかわ》先輩」

「よおし。長野、選んでくれてサンキュ」

「いえ。とんでもない」

いつものように、先着順で受ける。女性二名と、常々恒紀にアプローチしている吉川晴《はる》之《ゆき》という男性の計三人を選抜した。

なるべく、男女取り混ぜるよう気をつけている。

講義の終了時間で変わるも、大概は三、四人だ。講義が午前中だけだったり、午後が休講になると、もう少し増える。

「お三方《さんかた》と各々、二時間ずつ、おつきあいします」

不誠実極まりない、デートのかけもち宣言を公然とする。

ろくでなしに思えるが、図らずも適法だ。フリーの人は交際相手を見極める名目で、複数とのデートが認められていた。

ただし、『性的な接触はいっさいなし』が絶対要件だった。

もし、規則を片方が破り、もう一方が不愉快な思いをしたなら即、通報できる。相手がどう感じるかが重視されるのは、セクハラの定義と同じだ。

この条項があって、恒紀は心底助かっている。おかげで、ほぼ毎日デートに応じられて、性的行為をしなくてすむ。

そうはいうものの、これから最低六時間は拘束されるのだ。けっこうなハードスケジュールである。

順番は、じゃんけんで決めた。青井《あおい》という後輩の女性がトップ、吉川が二番手、角田《すみだ》と名乗った同級生の女性が三番目になった。

青井以外は、待ち合わせ場所と時間も定める。吉川は四時に渋谷、角田は六時半に新宿で落ち着いた。

「じゃあ、またあとでな。長野」

「はい」

恒紀より十センチほど背が高い吉川が、軽快な調子で笑いかけてきた。

すでに就職も内定し、卒業までの期間を気楽に満喫している四年生だ。恋人募集中のゲイと公言する彼は、『長野のキラキラ淫乱ぶりに魅せられた』といって、一年くらいずっとモーションをかけてくる。

見た目は少しチャラいが、中身は意外と好青年だ。学内のカフェで何度かお茶をした際も、紳士的に接してくれた。

吉川はともかくと、恒紀が周りを見遣って頬をゆるめる。

「ほかの方々も、どうもありがとうございました。せっかくのお誘いにお応《こた》えできずに、申し訳ありません」

まんべんなく微笑みを投げかけた刹那《せつな》、一団から溜め息が漏れた。

恒紀の笑顔に魅了され、ブーイングさえ起きない。そこは無自覚なまま一礼し、青井とともに正門をくぐった。

彼女について、恒紀は知らない。だが、恒紀のことは知られている。

おおまかな住所や家族構成、趣味、飲食物の好き嫌いなどだ。今までデートした相手から情報が流れていたりもする。

それがわかって以後、当たり障りない会話を心がけていた。

ひとりで何人もと話すのは、かなり疲れる。けれど、青井と吉川とは、無難に楽しいひとときが過ごせた。

ところが、最後の角田がしつこかった。遅い時間帯に会う人にありがちなものの、下心が如実に伝わってくる。

二時間を越えても、彼女の行きつけらしいバーに引き留められた。

「もうちょっとだけ。ね？」

「…角田さん」

「亜衣《あい》って呼んでって言ったじゃない」

上目遣いで見つめられるも、恒紀の心は微塵《みじん》も揺れなかった。

タイムオーバーの忠告も聞き流す角田が、直接的に誘ってくる。

「長野くん、一晩中ずっと一緒にいて？」

言葉のみならセーフと、言ったもの勝ち的な考えなのかもしれない。ならばと、こちらも最終手段に打って出る。

「ごめん。悪いけど、先約があるんだ」

「え……」

「ホテルで待ち合わせてて」

「……っ」

さも、このあと本命候補と会うよう、におわせた。ついでに、不覚にも傍《はた》からは『最強の淫乱スマイル』と大絶賛の艶冶《えんや》な微笑みを湛える。

よもやの発言に、角田は両眼を見開いて絶句中だ。

事実上、毎晩これで、そつなく切り抜けていた。恒紀にしても、もし、誰かにその気になれたなら、とうに恋人をつくっている。

一度たりとも性欲をそそられなかったことが、大問題なのだ。

しかも、なまじ行為に及んで下手の烙印《らくいん》を押されたときが大変だった。

男の沽券《こけん》にかかわる以前に、父親へ迷惑がかかりそうで腰が引ける。性科学の第一人者の子息がと笑われかねず、キスすらできない現状だ。

考えすぎと思わなくもないが、どうにも引っかかってしまう。

今夜もやり過ごせそうと安心しかけた矢先、角田がまだ食い下がってきた。

どうも金曜日の夜とあって、執拗に粘っているらしい。辟易《へきえき》しつつも、穏便にあきらめさせるべく骨を折った。

やっと彼女と別れた際は、午後九時半を回っていた。

「……疲れた」

電車で帰る元気も残っておらず、タクシーを拾う。約二十分後、自宅に着いた。

合鍵《あいかぎ》で施錠を解いた恒紀が玄関に入る。靴を脱ぎ、二階の自室へ行く寸前、母がリビングからやってきて出迎えた。

「おかえりなさい」

「ただいま」

「ていうか、恒ちゃん。週末なのに、もう帰ってきたの？　まだ十時よ⁉」

「うん、まあ」

「真利さんも、学生さんたちと飲み会へ行ってるのに」

「…今は、院に進むための勉強を優先させたいんだ」

帰宅が早すぎると暗に責められて、胸裏で苛立《いらだ》った。やさぐれぎみの心情でも、何時に帰ってこようが自由だろうと喚《わめ》きたいのを耐える。

ところが、恒紀の忍耐を斟酌《しんしゃく》できない彼女が、さらにつづける。

「お勉強が大事なのは、わかるわ。でも、息抜きだって必要じゃない？」

「おれなりに休んでるよ。さっきまで、デートもしてたし」

「どんなデートだったの？」

「どうって、食事したりとか…」

「セックスは？」

「まだつきあってないのに、できるわけないじゃん」

「それじゃあ、せっかくの淫乱が廃《すた》る一方だわ」

強硬な廃れ派の恒紀は願ってもない。逆に、宝の持ち腐れと嘆く母から、埒《らち》が明かないとリビングへ連行された。

ソファに座るよう促されて、渋々腰を下ろす。硝子《ガラス》のローテーブルを挟み、彼女は向かい側のソファへは座らずに腕を組んで、説教態勢だ。

こと淫乱に関すると、人格が変わる人である。

一週間分のデートと今朝の一件で、心身ともに疲労が溜まっているのにと憂えた。

投げやり気分一歩手前で、恒紀はかろうじて踏ん張る。

「あのね、恒ちゃん」

「…なに」

「淫乱を磨くのに一番肝心な方法は、セックスやキスを大好きな人とすることだと、私は思うのよ」

「……そんな考え方も、ありかもね」

「論文や大学院進学試験の糧にも、なるんじゃないかしら」

「そうかもしれないけど」

「かも、じゃなくて、そうなの！」

「……っ」

一理あるとは思うが、頭ごなしに決めつけられて苛々が募った。完全に目が据わっている母親へ、燻《くすぶ》っていた反骨精神も疼《うず》く。

「だからね。早く、どなたかとおつきあいなさい」

「はあ？」

「そうすれば、セックスも毎日できて、幸せな淫乱ライフが送れるわ」

「ちょっと待ってよ」

「学生の身で、もしもホテルを頻繁に利用するのが憚《はばか》られるなら、うちにお相手をお連れしてもかまわないのよ。私も真利さんも、大歓迎だわ。淫乱なパートナーだったら、言うことなしね」

「…母さん」

「いいわね、恒ちゃん」

「っ……」

真顔での発言が、真剣さを物語っていて嫌すぎる。

二十歳《はたち》を過ぎても、恒紀は夜遊びや朝帰りをしなかった。どんなに遅くとも、零時前には帰っていた。その事実が、母は普段から不満だったようだ。

ここぞとばかり、さらなる小言を食らう。

恋人を紹介してくれない、惚気話のひとつもしない。果ては、欲求不満で勉強に支障が出るのではという。性修大の大学院試験はおろか、性教大の卒業論文で躓《つまず》くとまで言及された。

あまりにも身勝手な内容に、さすがの恒紀も堪忍袋の緒が切れる。

親子といえど、親しき中にも礼儀ありだ。土足で無神経に幾度も内面へ踏み込んでこられて、辛抱リミッターが振り切れた。

角田に絡まれた件も、相俟《あいま》った。積年の我慢も加わり、何重もの枷《かせ》を取り払ってついに感情が大爆発する。

生まれて初めて、母親を睨《にら》んで声を荒らげた。

「淫乱、淫乱、淫乱って、いい加減にしてくれる！」

「こ、恒ちゃん⁉」

「淫乱って言葉も、淫乱な人間がリスペクトされる風潮も、人類皆淫乱であれとか推奨する社会も最低！」

「な……」

「淫乱菌で侵された淫乱脳に支配されてる現代人は、おかしいよ‼」

「あなた、なにを言って…」

「なにって、これがおれの本音だよ。子供の頃から、ずっと思ってた！」

「そ……」

「だいたい、おれは性欲がないから欲求不満になんかならないしね。淫乱にだって、なりたくもない‼」

「……っ」

予期しなかったであろう恒紀の猛反撃に、母が愕然《がくぜん》となった。しばらくして事態を摑《つか》めたのか、小刻みに震える両手で口元を覆う。

蒼白《そうはく》な顔色もあらわに、信じられないといったふうに言う。

「…恒ちゃん、見た目は立派な淫乱なのに、性欲がないなんて嘘《うそ》でしょ？」

「本当だよ。その証拠に、おれは誰ともキスどころか、セックスしたこともないしね。したいと考えたこともなかった」

「あなた、それほどムンムンの淫乱フェロモンを持ちながら、純潔なの⁉」

「そう。正真正銘の未経験者」

「そんな…っ」

「オナニーも、ほとんどしないよ。月に一、二回、男の身体の生理上、仕方なくするかしないかだし」

「だ、だけど……毎朝してたって…」

「あれは、父さんと母さんが毎日うるさく訊いてくるから、適当に嘘をついてたの」

「……！」

母は、よほどの衝撃を受けたとみえる。茫然自失《ぼうぜんじしつ》状態で足下をふらつかせ、右手を額に当てて背後のソファによろりと倒れ込んだ。『なんてことなの』と、小声で何度も繰り返し呟いている。

片や、恒紀のほうもショックを隠せなかった。

怒りに任せて己の秘密をぶちまけてしまい、動揺が激しい。ソファに伏し、啜《すす》り泣き始めた母親を気遣う余裕もなく、逃げるようにリビングを飛び出した。

「恒ちゃん！」

「………」

涙声で名前を呼ばれたが、返事もせず振り向かない。

自室にこもり、鍵を閉めて唇をきつく噛みしめた。しばらくして、ドアをノックされたけれど、無視を決め込んだ。数分後、あきらめた母が階下へ下りていく足音が聞こえた。

きっと、母親は父親にすべてを報告する。それだけでも充分な激怒理由になるが、彼女を泣かせたことも彼の逆鱗《げきりん》に触れるに違いあるまい。

通学用バッグを机の上に置き、恒紀はのろのろとルームウエアに着替えた。

父の帰宅後か明日、確実にふたりがかりで怒られる。自身の専門分野で、息子が脱落者だと彼は知るのだ。さぞ、怒り狂うだろう。

とてもではないけれど、今晩は眠れそうにない。

そののち、どれくらい経った頃か。玄関の開閉音と密やかな話し声で、父親が帰ってきたのがわかった。身構えていたものの、階段を上ってくる気配はしなかった。

ベッドに寄りかかってまんじりともせず一夜を明かし、朝を迎える。

スマートフォンで時間を確かめた。午前七時を数分、過ぎている。そろそろ腹が空《す》いてきたし、トイレへも行きたい。

でもと恒紀が思った瞬間、スマートフォンの着信音が鳴った。画面を操作すると、父からメールが届いていて鼓動が跳ねる。

おそるおそる読んだ文面には、書斎へ来るようにと書いてあった。

どうせ、このまま閉じこもってもいられない。雷を落とされるなら、いつでもいいやと腹をくくった。

アイボリーのロングTシャツとサンドベージュのカーゴパンツスタイルで、部屋を出る。一階に下りるも、母親の姿が見当たらずにホッとする。

先に、トイレと洗顔と歯磨きをすませた。徹夜明けで目の下に隈《くま》ができているだけでなく、暗い表情だ。

ひどい顔とひとりごち、洗面所を出て書斎へ向かい、ドアをノックした。

「おれだけど」

「ああ。入っておいで」

室内からの応答に深呼吸し、おずおずと中に入った。

土曜日で休日の父も、ラフな格好だ。『おはよう』と挨拶され、恒紀も小声で返す。

さりげなく見回したが、ここにも母はいない。どうやら、叱責《しっせき》は全面的に彼へ任せるらしかった。

重厚な机の前まで行き、俯《うつむ》いて佇《たたず》む。ゆったりと椅子に座っている父親が、単刀直入に切り出す。

「のぞみさんから、話は聞いたよ」

「……そう」

「ずいぶんと思い切った告白をしたな。全部、真実なんだね？」

「…あんな嘘ついて、なんになるの」

「まあな」

憮然《ぶぜん》と答えた恒紀へ、父が小さく笑った。予想に反して、まったく怒っていない様相に戸惑《とまど》う。しかも、なにやらこちらに向けて机上を滑らせてきた。

見れば、それは『石村クリニック』と印字された名刺だ。石村柊と書かれた院長名に、

『あれ？』となった。例の有名な医師と同姓同名で、眉をひそめる。

わけがわからずに訝《いぶか》り、紙片と父親を交互に見遣った。その恒紀を見上げた父は、名刺の説明にかわり、穏やかな声で告げる。

「おまえの気持ちも考えずに親の理想を押しつけてきて、悪かった」

「父さん？」

「子育てにおいて、のぞみさんに行きすぎた面があったのは、認める。彼女を止めなかったわたしも、同罪だ。だが、今までの行為は母性と、真摯《しんし》で献身的な恒紀に対する愛情に基づいたものだと、受け止めてやってほしい」

「う、うん…」

「わたしは、『のぞみさんを大切に』と、おまえに強要しすぎてしまった」

「……まあね」

「本当に、すまなかった。のぞみさんとわたしを、許してくれるか？」

「…いいけど。別に」

「ありがとう」

思わぬ展開に、恒紀は面食らった。てっきり、特大の灸《きゅう》を据えられると覚悟を決めていただけに居心地が悪い。

常時、母の味方でいる父に中立的な立場で謝罪され、拍子抜けもした。

さらに、件《くだん》の名刺について、父親がようやく触れる。

「この石村くんは、わたしの教え子でね。わたしが知る中でも、性科学に造詣《ぞうけい》が深い性学博士かつ医師なだけでなく、総合性心《せいしん》カウンセラーとしての腕もいい」

「石村って、やっぱり、あの石村柊なの!?」

クールな美貌が脳裏をかすめた。前日、公共の電波で観たばかりゆえに、なおさら瞠目《どうもく》する。

ちなみに、総合性心カウンセラーは、特殊な職業だ。医学と心理学と性科学で博士号を修めた医師で、医師国家試験と別の難関な国家試験合格者のみがなれる。恒紀の父でさえ、その資格は持っていなかった。

性にまつわる悩みを、心と身体の両面から総合的に診《み》て解決へ導く専門医である。

欧米には多いらしいものの、日本は数えるほどしかいないとか。現在、国をあげて育成中なのだ。

石村が父親と同じ性修大学出身なのは知っていたが、師弟の間柄とは初耳だった。

「そういえば、昨日の朝もテレビに出てたな」

「父さんの生徒だったんだ？」

「うむ。性修大を首席で卒業後、同院を経て、性科学の最先端をいくアメリカとドイツの大学に留学して博士号を取得したデキる男だよ。実に優秀なカウンセラーとの評判も聞いてる。彼になら、恒紀を託せる」

「それって…」

「ああ。誤解しないでくれ」

自分を見捨てるという意味かと捉えかけた恒紀を、父が宥めた。

親子での話し合いも考えたけれど、肉親ゆえに感情的になりがちだ。なにより、今以上に恒紀が傷つかないよう配慮したい。

その点、第三者のほうが冷静な判断を下せる。

一晩かけて母と協議し、信頼の置ける本職の石村に任せると決心したそうだ。

「わたしたちに言えないことも、彼には話しやすいかと思ってね。違うかい？」

「…そうかも。……ごめん」

「おまえが謝る必要はないよ。悪いのは、わたしたちのほうだ。長い間、ひとりで悩んでつらかっただろう」

「父さん…」

現代の常識とかけ離れた思考を全否定せず、理解を示されてうれしかった。あまつさえ、ねぎらってもらえて目頭が熱くなる。

しかも、腰を上げた父が机を回り込んできた。恒紀の髪を慰めるように撫でる。

慌てて瞬《まばた》きの回数を増やして、落涙は免れた。

どんな自分でも、愛する息子に変わりないとの意思表示に胸がいっぱいになる。それゆえ、両親の提案も素直に受け入れる気になれた。

「おれ、クリニックに行ってみるよ」

「そうか」

「うん。…治るかどうかは、わからないけど」

「気負わなくていいさ。なにもかも、石村くんに委《ゆだ》ねればいい」

「ありがと。父さん」

「恒紀」

やわらかくハグされて、父親の肩口に頬を埋《うず》める。

照れくさかったが、涙目を見られなくてちょうどいい。背中をあやすように叩かれて、恒紀もそっと彼の腰付近の服を摑んだ。

よもや、感動的な抱擁中に、父がほくそ笑んでいるなど思いもしない。

恒紀を石村のもとへ行かせて、名実ともに超ハイスペックな淫乱に仕上げてもらおうと父母が企《たくら》んでいるとは想像もしなかった。

父親へ感謝しつつ、週明け早々、石村クリニックを訪れた。

恒紀の自宅から二駅と遠くもなく、十分強で到着した。

三十六階建ての高層マンションの一階全フロアが、医院になっていた。壁紙や待合室の椅子等、クリーム色が基調で、全体的に清潔感に溢れて明るい印象だ。

今日は午前中の講義はない。午後の講義に間に合えばよかった。今が午前九時過ぎなので、時間はそこそこある。

月曜日にもかかわらず、完全予約診療制ゆえか、院内は空いている。

二組カップルがいて、恒紀へ無遠慮な視線を送ってこられる。父親に大丈夫と背を押されて来たけれど、飛び入りの身は居心地が悪かった。そうでなくとも、他人からの注目を集める身だ。

「見て。あの子、びっくりするくらい淫乱よ」

「ほんとだ。あんな水も滴る淫乱男子が、なんでこんなところに来てるんだ？」

「さあ。でも、目の保養になる絢爛《けんらん》な淫乱ぶりね」

「さては、クリニック公認の淫乱モデルか」

「ありえる」

漏れ聞こえてくる、ひそひそ話に胃が縮む。

溜め息を堪えて受付で保険証を提示する折も、スタッフに凝視されて困った。

しかし、父がきちんと話を通していたらしく、待合室とは別室で待つよう言われる。間取りは不明だが、広いマンションなんだなと感心した。

ありがたく、そそくさとそちらへ移る。こちらは待合室に比べ、いささかシックな雰囲気の部屋だった。

中央に来客用らしき革張りの黒いソファが、向かい合わせに並ぶ。ひとり掛け用のそろいのソファも、上座側に配置されていた。

窓際のパソコンデスクと椅子も黒い。デスクトップパソコンや、周辺機器類も同色だ。観音開きの扉つきの本棚はダークブラウン、カーテンはネイビーブルーと落ち着いた色合いでまとめられている。

いったい、なんのための部屋かと案じる恒紀に、声がかかる。

「お手数ですが、問診票にご記入をお願いします」

「あ、はい」

「ご記入後は、しばしお待ちください」

「わかりました」

「では、失礼いたします」

おそらく、けっこう待たないといけないはずだ。予約なしでは、当然といえる。こんな事態を見越し、暇潰《ひまつぶ》しに本を持ってきた。

桃色の制服を着たスタッフを見送り、それにしてもと恒紀が首をかしげる。

ここの使用目的につづき、今の人は看護師だろうか。受付の女性は水色の制服だったから、職種の違いと思われる。

「どうでもいいか」

小声で言い、入口に一番近い手前のソファへ座った。ボディバッグを外して、そばに置く。組んだ脚の上で問診票を埋め始めた恒紀の手が、ふと止まった。

氏名や生年月日、住所、身長、体重はいい。アレルギーの有無や過去の病歴、セクシュアリティについてもだ。

それらのノーマルな設問に時折混じる、目を疑いたくなる問いに、ゆっくりと横向きに倒れそうになった。例を挙げると、

♥週に何回のセックスを望みますか？

（＊毎日実践中の方は、一日の回数をお書きください。平均値でも可）

♥体毛の処理はどうしていますか？

（＊自生のまま、全身脱毛ずみ、陰毛部分のみツルツル、ほかの処理法でも可）

♥あなたの勝負下着は何色ですか？

（＊どんなタイプの下着かも詳しくお書きください。ノーパン、ノーブラでも可）

♥あなたはサドですか？　マゾですか？

（＊どちらかといえばで、けっこうです。ドS、ドM、奴隷《スレイヴ》希望でも可）

♥あなたが獣になるほど興奮する、セックスのシチュエーションは？

（＊野獣ご経験がおありでなければ、理想でかまいません。複数回答でも可）


等々の、激しく破廉恥三昧《ざんまい》な質問だ。

両親への自慰回数申告さえ抵抗があるのに、こうも明け透けな個人情報を他人に開示したくない。とはいうものの、ここはそういう病院なのだと項垂《うなだ》れた。

性に悩める患者にとっては、当たり前の問診なのかもしれない。

気を取り直すも、以降の問いにも眩暈を催す項目があった。

男女、どちらとのセックスが望ましいか。セックス中、後孔へもなんらかの異物を挿入されたいかといった、卑猥《ひわい》さがグレードアップしたものが、いくつかある。

「……だめだ。脳が爆発する」

瞬時に決意を翻し、恒紀は無理と頭を抱えて唸った。迷った末、『わかりません』と率直に書く。先の項目も併せて、回答を避けた。

想定外に四苦八苦し、どうにか記入し終える。その後、読書しつつ一時間半弱待ったところで、ノック音が響く。

「はい！」

「失礼」

低音での声かけとほぼ同時に、ドアが開いた。白衣姿に眼鏡をかけた男性が、スマートな動作で入ってくる。

石村本人の唐突な登場に驚いた。問診票の回収係は看護師ではないのかと惑うも、素早く立ち上がる。

テレビ画面越しに見るより、実物は輪をかけてハンサムで長身だった。一七〇センチの恒紀が軽く見上げないと目線が合わない。目測だが、おそらく一八〇センチ台半ばは優にあるだろう。最も特徴的なのは、彼の独特なオーラだ。うまく言えないけれど、なぜか自然と意識を奪われる。

カリスマ医師の確固たる自信がなせる業《わざ》かと、結論づけた。

淫乱の自覚がない恒紀は、他人が淫乱かどうかもわからない。父親も相当な淫乱フェロモンの持ち主とはいえ、生まれたときからそばにいて慣れているため、免疫がつきまくっていた。従って、石村が振り撒《ま》く超弩級《ちょうどきゅう》の濃厚淫乱チャームの洗礼を浴びた反応と、気づけていなかった。

「長らくお待たせして、大変申し訳ありません。石村です。お父さまから、事情は伺っています」

「…はい。よろしくお願いします」

「こちらこそ。ああ、座ってください。そうそう。私的な都合で恐縮ですが、お父さまを名字でお呼びしているので、きみのことは恒紀くんと呼んでもいいですか？」

「どうぞ」

「ありがとうございます。では、問診票をいただきます」

「はい。こちらです」

「どうも」

バインダーの留具部分にペンを挟んだまま、石村へ手渡す。

ひとり掛け用ソファに腰を下ろした彼が、じっくりと目を通す。ときどき、端整な眉が片方吊り上がった。間違いなく、曖昧《あいまい》な回答があるせいだ。

果たして、目線を上げた石村に直接、訊かれる。

「無回答同然の箇所は、思考さえも苦痛ですか？」

「…いえ。そこまでではないですけど」

「ふむ。性に関することへの忌避感が堅固なのは想定の範囲内でしたが、存外、羞恥心《しゅうち》も強いと」

「……………」

鋭い切り込みで、自分でも判然としなかった真意を詳《つまび》らかにされた。

父親の評価どおり、看板に偽りなしの名カウンセラーのようだ。事前に、あらかた詳細を聞いていたにせよ、たった数分で恒紀の心裡《しんり》を暴いた手腕に瞠然《どうぜん》となる。

なんとなく、あまねく見抜かれそうで逃げ腰になった。そわそわし出す直前、彼が恬淡《てんたん》と告げる。

「さほど心痛がないとの返答なので、試しに今、この残りの設問に関する答えを考えてみてください」

「え」

「診察の一環です。表面的な情報しか持たずに、カウンセリングはできません。クライアントの現状をつぶさに知り、信頼関係を築くことは、私にとって極めて重要な作業と言えます」

「はあ…」

「きみの恥ずかしさも重々理解できますが、ご協力願えますか」

「……はい」

「ありがとうございます」

理にかなった説得に、うなずくしかなかった。ソフトに強引ながら、逆の立場なら、自分も同様に説く。

そもそも、己が専門医院へ来ると決めたのだ。

淫乱にはならなくていいが、せめて現代の常識に適合できる思考になれるといい。そうすれば、生きていくのも少しは楽になる。

腹を据えて羞恥を忍び、石村の問いに答えていく。

「セックス中、自分のアヌスにも異物を挿《い》れられたいですか？」

「…痛く、ないなら」

「ほんの少しでも、痛みを覚えるのは嫌ですか？」

「……そう、です」

「つまり、我を忘れてよがるほど挿入が気持ちよかったら、いいんですね」

「っ……は、い」

「よくわかりました。次に、自らのペニスが異性の粘膜に包まれて得る快感を、どう思いますか？　想像で答えてくださってかまいません」

「…機能はするけれど……か、感じるかどうかは微妙、です」

「フェラチオも含めてでしょうか？」

「たぶん…」

「では、同性の粘膜だったら？」

「異性よりはいいかなと思いますけど、あまり、積極的にはなれないかと」

「なるほど」

機械的に訊ねる石村とは対照的に、恒紀は頬が熱くてたまらない。露骨な質問が頭から湯気が出るくらい気恥ずかしくて、消え入りたかった。

唇を嚙んで視線を泳がせていると、彼が笑みまじりに言う。

「そう固くならずに。性的な好みは十人十色ですから」

「そ、です…ね」

「かくいう私は、アヌスフェチです」

「は⁉」

「いわゆる、肛門愛好家ですね」

「はあ……」

突然の大胆すぎる告白に、呆気《あっけ》に取られた。ついでに、バイセクシュアルとカミングアウトもされ、恒紀が混乱ぎみに言葉を濁す。

「きゅっと窄《すぼ》まった形状を菊の花にたとえた古《いにしえ》の日本人の感性には、感服します。色や皺の寄り方ひとつを取っても、美しい器官なのでね。今度、入浴時にでも、ご自身のアヌスをご覧になってみてください」

「き、機会が、ありました…ら」

「リラックスして、指を挿れてみるのもお勧めです」

「……善処、します」

そういえば、問診で後孔関連項目が心なしか多かった。もしや、趣味と実益を兼ねていたのではと怪しむ。

しかし、馬鹿なと己の疑惑を直ちに否定する。石村は医師なのだ。単純に、恒紀の含《がん》羞《しゅう》を取り払うための配慮だと考え直す。

事実、彼のセクシュアリティを聞いて、わずかに気分が軽くなった。

総じて、石村の計算ずくと恒紀は解釈した。よもや、最高の淫乱であるべく、淫乱の最先端研究ができる今の仕事に彼が進んで就いたとは思いもしない。

恒紀の渾名《あだな》である淫乱王子《プリンス》は、まだ可愛いほうだ。石村が淫乱王《キング》どころか、淫乱神《ゴッド》と呼ばれているなんて知るよしもなかった。

彼が名医兼、有能な性心カウンセラーなのも確かだ。その診断や指導が的確ゆえに評判になり、より淫乱な性行為の仕方等を相談しに、全国から訪れる恋人や夫婦があとを絶たない。

それとて、淫乱神の尋常ならざる淫乱さに魅せられた者がほとんどを占める。神の治療《救い》を求めて患者《信者》がやってくるのだ。

無論、そんな事実も恒紀とは無縁だった。父も、あえて耳に入れていない。

蛇足ながら、クリニックはいつも、満員御礼という。一年先まで予約は埋まっているそうだ。一年以降は予約を取らない方針ゆえ、予約開始日は回線がパンクするほど電話が鳴りっぱなしと聞く。

そして、三十分足らずで一年分の予約が埋まるらしかった。

言わずもがな、今回の恒紀の診察は特例だ。

これも父親のおかげと痛感し、つづく問診に応じた。ほかも、やはりかなりの赤面もので気まずい。

異性と同性、どちらの肉体に興味があるか。具体的に、どこの部位に惹《ひ》かれるかなどだ。恋のために、どの程度の犠牲を払えるか。人生における恋愛の意義はとか、問診票にない問いかけもされた。

直球だが温厚な口調で訊かれるので、全部につい答えてしまう。冷淡そうな見かけによらず、物腰のやわらかさにつられた。

たびたび宥めてくれる石村の気遣いがなければ、耐え切れなかったろう。

気づけば、緊張もほぐれていた。雑談も交え、いろんな話をする。なにを聞いても動じず、丁寧に対応する彼の態度にも勇気づけられた。

恒紀のほうからも、なにか問いがあれば遠慮なくと勧められる。

逡巡《しゅんじゅん》の末、あきらめかけの願望を口に乗せる。

「…あの」

「なんですか？」

「こんなおれでも、誰かを愛せるようになれるでしょうか」

「……っ」

訊ねた途端、石村が意表を突かれたふうな顔つきになった。直後、なんとも痛ましげな表情をしたのち、深い首肯が返る。

「もちろん。そのために、全力を尽くしてサポートします」

「ありがとうございます。先生」

「とんでもない」

力強い返事に、多少なりとも希望が持てた。

国内有数の専門医に大丈夫と太鼓判を押されて、前向きになれた。頑張りますと意気込む恒紀へ、彼が微笑む。

「頑張りすぎはよくないので、ほどほどに」

「はい」

「では、診断結果を申し上げます。結論から言いますと、恒紀くんは『恋愛機能不全非淫乱症候群』です。先天性でなく、ステージ的にはレベル1、初期の段階ですね」

「？」

聞き慣れない病名に眉を寄せる。いわく、恋愛する意欲が著しく乏しい。あるいは、欠けている。自身や他者の淫乱にも、無関心か嫌悪感を覚える。また、将来も悲観的に捉えがちな病気らしい。

現代社会とは相容《あいい》れぬ価値観ゆえ、レベル2では矛盾した考え方の狭間《はざま》で錯乱状態に陥る。レベル3に至ると、次第に無気力になる。末期のレベル4だと、厭世《えんせい》的になって人との接触自体を絶ってしまうとか。

「とても珍しい症例で、世界でも数例しか報告されていません」

「………」

心当たりだらけの上、奇病と知って、一気に不安が込み上げてきた。そんな恒紀に、石村が不治の病ではないとつけ加える。

「必ず、完治できます。しかも、きみは幸い初期で服薬治療も不必要な上、性欲がないわけでもないです。肉体的には、どこも異常はありません」

「そうなんですか⁉」

「ええ。今、心身に出ている症状は、いわば、ご両親からの長年にわたる精神的圧迫による副作用のようなものです。恒紀くんの推論どおりですね」

「やっぱり…」

己の主張が認められ、なおも心が軽くなった。原因がはっきりと断定されたことも、心理面へプラスに作用した。

「なので、ストレッサーの排除か、きみが開き直って気にしなくなれば、専門医の心身ケアのもと、多少時間はかかっても、症状は徐々に回復します。他人に対して、正常な性的関心を持てるようにもなります」

「本当に？」

「心配しなくとも、誰かと恋ができますし、愛し合えますよ。ただし」

「え？」

「問診でわかったんですが、きみは異性を恋愛対象にするのは難しそうです。同性のほうを好む傾向が多々見られました。それも、心身ともに同性を愛したいというよりは、愛されたいという欲求が強い」

「…そう、ですか」

「おそらく、お母さまへの苦手意識が、そのまま女性に反映されているのでしょう。そして、お父さまにも尊敬の念とは別に、もっと愛してもらいたかったとの思いがあったと推察できます」

「……わかる気がします」

石村の指摘に、恒紀が苦く笑って肯んじた。

日々のデートでも、異性より同性といるほうがしっくりきた。よくも悪くも、異性には神経をすり減らす勢いで気を遣い、一緒にいてもひどく疲れた。それも、母親起因の弊害だったのかと得心がいく。

常に母の側に立つ父にも、心の奥底で不満を感じていたのだ。

さりとて、ストレスの元を絶つのも、開き直るのも難しい。反面、早期に治してしまいたくもあった。

矛盾した思いを伝えると、彼が黙考ののち述べる。

「ならば、『恋愛機能不全非淫乱症候群』の有効な治療である、現代社会に適応するための更生プログラムを、集中的に受けてみますか。無論、恒紀くんの症状に合った専用プログラムを組みます」

「集中治療…」

「ただ、本来は通院で半年ないし一年かけて行うものを短縮しますから、約二か月間の入院が必要になりますが」

「そんなに長期間ですか!?」

「ええ」

戸惑う傍ら、恒紀の心は入院加療のほうへ天秤《てんびん》が傾く。

常識外れな自分の話も、問診も、石村は親身になって耳を傾けてくれた。職務とはいえ、真摯な彼の姿勢は見て取れたし、好感が持てた。

両親と顔を合わせづらい実情もある。現実逃避な感は否めないが、今はまだ、彼らと普通に接するのは難儀だ。

熟慮の末、治療に専念するために入院しようと決心した。

大学へは休学届を出せばいい。勉強の遅れは、退院後に取り戻す。思い立ったが吉日とばかり、恒紀は石村へ頭を下げた。

「そのプログラムを受けさせてください」

「承知しました。では、恒紀くんの休学手続きが終わり次第……そうですね。今が正午前だから、昼食の時間や家にいったん戻るなど余裕を持って見積もって…。今日の夕方、閉院時間の午後六時に、こちらへ再び来ていただけますか」

「はい。あ。でも、入院に必要なものは？　着替えとか」

「特に、ありません。きみの身ひとつで大丈夫です」

「…わかりました」

入院生活といえば、最低限、身の回りの品がいりそうだがと不思議がる。

もしかしなくても、病院の売店で買えるとの認識だろうか。というか、ここに病室があるのかと根本的な施設問題に思惟《しい》が巡った恒紀へ、彼がつづける。

「恒紀くんからは言いにくいかと思いますので、お父さまへは、私が病状の仔細《しさい》を含め、入院についても説明しておきます」

「助かります」

「それでは、慌ただしくて申し訳ありませんが、これで失礼します。また、のちほど」

「こちらこそ、ありがとうございました」

訊きたいことはあったものの、忙しそうで引き留められなかった。どうせ、夕方になればわかるのだ。

石村と入れ替わりにやってきた受付嬢に診察代を払い、クリニックをあとにする。

早速、恒紀はその足で、大学へ休学届を出しにいった。


「聞きしに勝る淫乱な子だったたな」

昼の休憩中、石村は恒紀の電子カルテを眺めつつ呟いた。

きっかけは先週末、久々に恩師の長野からきた連絡だ。たまに食事へ誘われるため、今回もそれかと思ったら、違った。

石村の力を借りたいと頼まれて、令息の診察を申し込まれたのだ。

平素、そういったごり押しはしない人なので訝った。だが、話を聞くにつれ、緊急事態と察して合点がいった。

淫乱が尊ばれる社会構造を、愛息が否定したという。その上、大学生で恋愛も性的行為も未経験とか。皆が呼吸と同じく毎日、平均四、五回はする自慰すら、月に多くて二回しかしないそうだ。

それも、身体機能における生理現象で仕方なく、らしい。

五十歳を過ぎてなお、色香ダダ漏れな淫乱妖怪の長野のジュニアがと驚いた。

奥方も、並々ならぬ淫乱魔女もとい、淫乱美女と聞き及んでいる。彼らの子が、まさか『恋愛機能不全非淫乱症候群』とは皮肉な話だ。

しかし、超淫乱夫婦の子供だけあって、恒紀の淫乱度合いは凄《すさ》まじかった。

知性と美貌、上品さと清純さに淫乱さを兼ね備えた奇跡の逸材だ。あれほど見事な淫乱は職業柄、数多くの人を診てきた石村でさえ、会ったことがない。

病のハンデがあるのに、フルスロットル級の美淫乱に感嘆を覚えた。

長野が親馬鹿丸出しで自慢するのも、うなずける。

恩師には今し方、診断結果を電話で話した。入院も快諾され、息子が魔性レベルの淫乱に生まれ変わるのを楽しみに待っていると言われた。

恒紀の深刻さに比べ、長野は能天気だ。おそらく、我が子の天性の淫乱力《りょく》に自信があるとみえる。

実際に診察してみて、石村も高い淫乱ポテンシャルは感じた。

初めて診る珍症例に研究者魂《だましい》に火もついた。世界的にも稀少《きしょう》な病症を、自らの目で間近に見られる状況に浮かれた。だが、本人の話を聞くにつれて不憫《ふびん》になった。

わけても、自分は生涯、誰も愛せないのではないかという訴えが悲痛だった。

あの瞬間、絶対に完治させてあげようと誓った。元々、クライアントに肩入れしすぎるきらいはあった。看護師らにも、『先生は優しすぎます』とやんわり注意される。

淫乱の中の淫乱たる石村が誠意的になっては、診察ごとに、病院の機能が麻痺《まひ》する。各々に平均的な淫乱粉《ぷん》をかけるつもりでと、窘《たしな》められていた。

おそらく、四人兄弟の長男で面倒見がいい性格の影響だ。自身でも、温厚なほうだとは思う。人当たりもいい。

石村の生家は、日本屈指の資産家だ。父親をはじめ、実業家ばかりの親族の中、医学の道に進んだ。別段、反対はされず、家業は三歳下の次男が継いだ。家族仲も良好だし、毎年正月は京都にある実家へ帰っている。

ただ、責任感の強さが、ときに出る。クライアントのことを親身に考えるあまり、仕事の面で厳しい一面が表れた。

比較的言いにくい事柄も、ダイレクトに言ってしまうのだ。

この、ちょっと強引なところも、情熱的で素敵とうっとりされる石村は、淫乱神の異名を裏切らず呆れるほどモテる。

三十四歳の年齢相応に、恋愛経験と性経験は積んできた。

好みのタイプは、ご多分に漏れず淫乱な人だ。外見より中身に重きを置く。独立心旺盛《おうせい》な人種もいいけれど、慎ましいほうが好ましい。

大抵は、石村の桁《けた》外れな淫乱性に惹かれたといって交際を申し込まれる。自ら落としにかかることは稀《まれ》なものの、狙った獲物は逃さない。

どんなに時間をかけても、確実に手に入れてきた。

現在は執筆や講演会、学会出席、テレビ出演で多忙でフリーだ。忙しくてすれ違いがつづき、別れるケースがほとんどだった。

石村が淫乱すぎて心配と、杞憂《きゆう》で終わる恋も少なくない。

浮気はしないし、恋人を一途《いちず》に熱愛する。なのに、『あなたの淫乱についていけない』と身を引かれる。至尊の淫乱ゆえ、被るデメリットだ。

顧みれば、自分を見て無反応というのは、恒紀が初めてである。

病気のせいにしろ、新鮮なリアクションといえた。

彼にも告げたが、セクシュアリティはバイセクシュアルなので、石村は男女両方いける。

無類のアヌス好きなのも、本当だ。どちらとベッドをともにする場合も、そこを可愛がらないと気がすまなかった。

実際、アヌスは充分、性感帯になりうる。双方が想い合い、慎重に心と身体の準備さえすれば、素晴らしい快楽が得られると言い切れる。

当然ながら、クリニックでは肛門性交も推奨していた。

ちなみに、職場のスタッフは全員、既婚者だ。加えて、石村に微塵もよろめかない愛妻家と愛夫家ぞろいである。

開院は午前九時、昼に一時間の休憩を挟み、閉院は午後六時だ。

祝日と日曜日は休診日で、水曜日と土曜日は午前中のみ診察を行い、午後から半休という営業スタイルを取っている。

休日も諸々《もろもろ》予定が入る石村は、実質的に休む暇はなかった。

ただ、今後二か月間は恒紀の治療に打ち込むため、副業は控える。手配はすでに万事、終えていた。

「そうか。恒紀くんは、唇もペニスもアヌスもまっさらか」

若い身空で、もったいないと、気の毒さが増す。どこもかしこも清らかな状態ゆえに、フェチもなくて当然だ。

一日でも早く、彼を淫乱デビューさせてやらねばと使命感に燃えた。

長野の子息とあり、恒紀はなにからなにまで特別扱いだ。

そもそも、石村クリニックに入院はできない。治療やアドバイスを施す際も、普段は男女いずれかの看護師が手本となり、技術《テクニック》を教える。

石村はそばにいて口頭でのレクチャーのみで、手を出さないのが基本だ。

恒紀に関しては、例外的に石村自らが相手を務める。

つまり、彼の入院場所は石村の自宅になる。医療法違反に当たるが、長野の根回しにより訪問診療と同等の暫定措置と事務処理が、管轄の省庁から認められることになっていた。

これで、心置きなく治療ができる。

クリニックが入っているマンションの最上階が、自分の住処《すみか》だった。数年前、生前贈与で祖父に一棟丸々譲ってもらった物件だ。

駅に近く、築浅、様々な施設が周囲にあるせいか、全戸埋まっている。

この5ＬＤＫの私邸を、一時的に開放する。恒紀にはゲストルームを使ってもらう。

短期間で治すには、手元に彼を置いておいたほうが、石村もやりやすい。恩師の手前もあり、鼻息が荒い。

近所のコンビニエンスストアで買ってきたサンドイッチを片手で摘《つま》みつつ、パソコンの画面を切り替えた。

恒紀専用治療更生プログラムの工程一覧表を、手早くつくる。

これを見たら、彼はきっとまた頬を赤らめて恥じらうだろう。下手をすれば、拒むかもしれない。あいにく、ベースは『恋愛機能不全非淫乱症候群』の世界共通の治療なので、他の手立てはなかった。

作成後、石村がそれをプリントアウトし、チェックした。

「よし、と」

机上の書類に紛れないうちに、クリアファイルにしまう。念のため、持ち帰るのを忘れぬようロッカールームの通勤鞄《かばん》へ入れにいった。

ほどなく、午後の診療時間が迫ってくる。待合室にいる人の気配が、診察室にも伝わってきた。

予約が入っているクライアント名をパソコン画面で確認する。男女のカップルが二組、夫婦が二組、女性単独、男性及び女性同士のカップルが一組ずつの、計七組十三人だ。

診察時間は一組あたり、三十分から四十分を設定していた。

外に昼食へ出ていたスタッフも、次々と戻り始めてくる。やがて、診察開始時刻一分を切った頃、看護師長が石村へ告げる。

「先生、準備はよろしいでしょうか？」

「ＯＫ。みんな、午後もよろしく」

「はい」

「じゃあ、最初のクライアントをお呼びして」

「かしこまりました」

看護師長の合図を受け、受付スタッフがクライアントの名前を呼ぶ。

仕事に忙殺された数時間、石村の脳裏から恒紀の件は一時的に抜け落ちた。


午後六時になる五分前、恒紀は石村クリニックを再訪問した。

閉院時間間近ながら、まだ患者が一組いた。受付で名乗ると、心得ているというふうに朝と同じ別室に通された。

「申し訳ございませんが、診察が終わるまで、こちらでお待ちくださいとのことです」

「はい」

「お茶をお持ちいたしますね」

「いえ。どうか、おかまいなく」

「左様ですか。承知しました」

興味津々の視線に極力晒《さら》されたくない恒紀が、固辞する。

名残惜しげな微笑で去っていった受付嬢に、深い息をついた。待合室にいる人々の舐め回すような目線とは異なる気がしなくもないが、ガン見は遠慮したい。

ソファに座り、大きめのトートバッグを脇に置いた。持参のペットボトル入りのミネラルウォーターを取り出し、のどを潤す。

休学届は滞りなく受理された。理由が病気療養とくれば、さもありなんだ。

一応、洗面用具に歯磨きセット、下着と着替えを数枚、家に帰って用意してきた。文庫本を何冊かと、音楽再生専用ポータブルプレーヤーもだ。

買い物か習い事にでも出かけていたのか、母親と鉢合わせずにすんだ。とはいえ、黙って入院するのも、後味が悪い。

迷ったあげく、リビングのテーブル上に『行ってきます』と書き置きを残した。

ここに来る途中、母からメールが届いた。『気をつけて』との短い一文に、気が抜けた。

彼女なら、『死ぬ気で頑張って、世界中の人たちを虜《とりこ》にする爆裂淫乱になってきてね』くらいパンチの効いた返信を寄越すと身構えていたから余計だ。

母親なりに、子育てを悔やんでいるらしい。退院後は新たな気持ちで向き合おうと考える恒紀は、これも両親の画策の一端とは関知しえなかった。

父母のためにも、淫乱は無理でも、常識的な人間になろうと思う。

石村を待つ間、本を読んで過ごす。四十分ほど経ってドアがノックされ、彼が姿を現した。朝の白衣姿でなく、ライトグレーのスーツにミントグリーンのネクタイを締めた爽やかな姿に双眸を瞠る。手に持ったダークカラーのクラッチバッグも洒落ていた。

いちだんと男ぶりが上がって見えて、一瞬、見惚《みと》れる。

「すみません、恒紀くん。お待たせしました」

「あ、いえ。…お気になさらず」

我に返った恒紀が、さりげなく目を逸らす。文庫本をバッグにしまったところで、促された。

「では、行きましょうか」

「はい」

「こちらにどうぞ」

「ありがとうございます」

部屋を出て、スタッフ以外利用禁止のプレートが貼《は》られたドアをくぐる。その先は、マンションのエントランスホールと思《おぼ》しき空間だった。

天井が高く開放的で、高級ホテルのロビーを彷彿《ほうふつ》させる。

さらに奥へ導かれていくと、待機中のエレベーターが二基あった。ちょうど一階に停まっていた一基のほうの開閉ボタンを、彼が押す。

「乗ってください」

「あの、病室は何階にあるんですか？」

「最上階です。病室ではなく、私の自宅ですが」

「は⁉」

「詳細は、のちほど話しますので。さあ、早く」

「……わかりました」

わけがわからないまま、背中に手を添えられてエレベーターに乗り込んだ。

特有の浮遊感を味わったあと、軽快な到着音が鳴る。開いた扉の正面にあるドアが、恒紀の視界に映った。

ワンフロア全部、石村の住まいという。恒紀の家もわりと豪邸だが、こちらも豪勢なマンションだ。スーツの内ポケットから出したカードキーで、ロックが解除される。

広い玄関で靴を脱ぎ、勧められたスリッパを履いた。

案内されたリビングルームも、三十平方メートルはありそうだ。そこのL字型ソファに座るよう言われ、短い辺のほうにおずおずと腰かける。

スーツの上着を脱いでソファの背にかけた石村は、恒紀の斜め横に座した。おもむろに、彼の自宅を病室がわりにする経緯の説明を受ける。

プライベートに仕事を持ち込ませて、申し訳なくなった。

当惑ぎみの表情で、小さく頭を下げる。

「…なんだか、すみません」

「私の判断ですから、恒紀くんは気に病まなくていいんですよ。きみは、病気を治すことに注力してください」

「ありがとうございます」

「どういたしまして。それで、早速ですが…」

足下に置いていたバッグから、石村がクリアファイルを出す。中に入れてあった用紙を一枚、自身が取り、残った分を見るよう渡された。

「なんですか？」

「『恋愛機能不全非淫乱症候群』の、恒紀くん専用治療更生プログラム一覧表です。メンタルケアと並行しながら、ここに記したフィジカルトレーニングをします」

「はい……って、な？　……そ……え？　えっ⁇」

「こちらを二か月間、私を相手に行っていきます」

「こ、これを、先生とおれが、す……えぇえええ⁉」

リストに書かれた内容に、恒紀が我を忘れて叫んだ。

今すぐ、やめますと宣言し、回れ右したくなる。読んだだけでも、顔から火が出そうなフィジカル面の治療プランのせいだ。

段階的にハードルが上がっていくのは、理解できる。

まずステップ1は、手を握り合い、ハグと軽い愛撫《あいぶ》をする。ステップ2のソフトタッチなキス、ステップ3のディープキスも、なんとか許容範囲内だった。

しかし、以後がいくらなんでも、ハードすぎる。

なにしろ、次のステップ4はいきなり、石村の眼前で自慰だ。以下も、

＊ステップ5：ふたりで互いのペニスを擦《こす》り合う
（指導官は着衣、射精は寸止め。患者は射精可）
＊ステップ6：指導官が患者にフェラチオ
（患者が望めば、逆も可。その際、可能なら顔射を経験させてもよし）

＊ステップ7：患者のアヌスを指導官が指で刺激
　（最低でも、三本は挿れる。四本が理想。前立腺《ぜんりつせん》の刺激で射精させる）
＊ステップ8：アダルトグッズにて、患者の性感帯を開発
　（頭のてっぺんから爪先《つまさき》まで、全身をまんべんなく）
＊ステップ9：指導官の面前で患者がアダルトグッズを用い、絶頂を極める
　（この場合の絶頂とは、前立腺刺激のみでドライオーガズムに達すること）
＊ステップ10：全項目を総ざらい
　（ウエット、ドライ併せ、患者が五回絶頂を極めればよし）
※注：ワンステップクリアごとに、前段階の課題を上乗せが必須《ひっす》

といった、恐るべきものだ。しかも、患者はこの治療中、全裸でいなければいけないとの残念なオプションつきだった。

どんな些細《ささい》な変化も、医師及び指導官が見逃さない対策だとか。

ステップ1～7までは、十六歳以上の国民は皆、知っている。学校での性教育カリキュラムで、実践は別として知識は頭に入れるからだ。恒紀とて例外ではない。

個人的な経験の差はあれ、方法は承知という社会だ。ある意味、ごく一般的な淫乱の

作法《マナー》といっていい。

しかし、ステップ8～10は未知なる領域だ。そもそも、アダルトグッズの使用は個々の趣味ゆえ、ユーザーと非ユーザーに分かれる。

オーガズムに至っては、ウエットはともかくドライは、生涯で一回も経験せずに終わる人が大半を占めると聞いていた。そのくらい難易度が高い技巧だという。

ここでも、石村がステップ9は絶対にクリアできなくてもいいと補足説明した。ステップ8までをこなせるようになれれば、合格らしい。

仮に、ステップ9ができたら、ウルトラ級の淫乱とのお墨つきをもらえるそうだ。

要するに、最終的には、恒紀が性的欲求で身体が疼くようになり、自他の淫乱を甘受できたらプログラムは完了らしかった。

当然、本番はなしである。あくまで、患者の心身を健やかな淫乱にリードし、現代社会へ適合させることが目的だからだ。

理屈はわかるが、いくら治療にしても、羞恥心が先に立つ。

恋人相手でさえ恥ずかしそうな嬌態《きょうたい》を、初対面同然の人に晒すなんて心が折れる。たとえ、それが医師でもだ。

早くも挫《くじ》けかけた恒紀の手に、そっと大きな手が触れた。

「……っ」

びくりと肩を揺らし、上げた目線が石村の眼差しと絡む。なぜか、背筋が甘く痺《しび》れる感覚に捉われて困惑した。

視線を背けられずにいる恒紀に、彼が低く囁《ささや》きかける。

「やはり、恥ずかしいですか？」

「……ええ。と、とても…」

「では、入院と治療はやめますか」

「！」

「医師としては完治させたいのはやまやまですが、きみの意見が最優先です。治療によって精神面に悪影響を及ぼすようでは、本末転倒なので」

「…でも、ほかに治療法はないんですよね？」

「現時点においては、残念ながら」

「……おれの羞恥心も、一般の人よりひどい状況なんでしょう？」

「羞恥心がまったくない方も珍しいですが、恒紀くんの場合は他者より強い傾向なのは、たしかです」

即答されて、今度こそ恒紀は腹を決めた。小さく何度も息を吐き出し、石村をしっかりと見つめて述べる。

「おれ、やります！」

「無理は禁物ですよ？」

優しく意思を再確認されて、かえって信頼感が増す。彼が相手なら、羞恥も堪えて厳しい治療更生プログラムも頑張れそうだ。

「先生とだったら、大丈夫な気がします」

「医師冥利《みょうり》に尽きる言葉ですね。じゃあ、ファーストステップから」

「あ」

手にした紙を取り上げられ、触れるだけでなく指を絡めて右手を握られた。

素早く移動し、石村は恒紀の隣に腰を下ろす。流れるような動作で、肩にも長い左腕を回された。

「どうでしょう。私との接触は平気そうですか？」

「……っ」

抱き寄せられて顔を覗《のぞ》き込まれる格好に、頬を染める。

ほのかに香る彼のフレグランスも、芳《かぐわ》しく感じた。なんというか、包み込まれる感触が甘やかされているみたいで面映《おもは》ゆい。

絡めた指で手の甲を慰撫《いぶ》しつつ、再度訊いてきた主治医にうなずいた。

「は、い……先生」

「それはよかった。ひと安心です」

「おれも、ちゃ……ぁ」

「つづけてください」

「んぅ」

耳朶《じだ》をやんわりと嚙まれていては無茶だ。耳孔へも入ってくる石村の舌から逃れるべく身をよじるが、抱擁に阻まれる。

なんとも表現し難い感覚と恥じらいで、己を抱く腕に左手で縋《すが》った。

制止の意図を汲《く》んでくれたらしく、彼が顔を離す。しかし、身近にいるのは変わらず、恒紀の鼓動は跳ねっぱなしだ。

自分がどれほど官能的な表情をしているか、自覚はなかった。

濃密な淫乱眼力《めぢから》を無意識に発揮し、効果音に喘ぎ声がしそうな瞬きもする。

「まだ封印状態で、こうも激しく淫乱とは凄まじいな」

「え？」

「…いいえ。どうぞ、恒紀くん」

「はい。その、ちゃんと、治療更生プログラムをこなせる自信が、湧《わ》いてきました」

「そうですか。きみなら、最後までやり通せますよ」

「ありがとうござい……ん!?」

不意に目の前が翳《かげ》った直後、ほんの数秒、吐息が塞《ふさ》がれた。あまりにも唐突で目を白黒させる恒紀に、もう一度、唇を押しつけてこられる。

啄《ついば》むように幾度か触れて、唇同士をくっつけたまま、石村がまじめに訊いてくる。

「嫌悪感はありませんか?」

「……びっくりは、しましたけど。ない、です」

「このまま、ディープキスに進んでも?」

「えっと、今日はちょっと…っ」

さすがにそこまではと、謹んで辞退した。彼も快諾し、もといた位置に座り直す。

照れくささを隠して平静を装う恒紀へ、石村が泰然と微笑んだ。

「つづきは、明日以降ゆっくりとやっていきましょう」

「はい」

以後は、各室の案内と水回りの説明をされた。全室の入室を許され、最後に恒紀が使う一室に連れていかれる。

自宅の自室と遜色《そんしょく》ない広さの、きれいな部屋だった。ベッドや机、書棚など、最低限のインテリアはある。どれも高価そうなそれらは、彼の趣味なのかモノトーンで統一されていた。

「リネン類は昨日、新品に替えたばかりですから」

「お手を煩わせて、すみません」

「いえいえ。とりあえず、食事にしますか。なにかつくりますよ」

「先生がですか!?」

「料理は趣味兼、息抜きなので。好き嫌いはありますか？」

「特には」

「いいことですね」

こうして、翌日から本格的な治療が始まった。

昨夜のうちに、石村が考えてくれたスケジュールは、
＊朝六時半起床、七時半まで軽くフィジカルトレーニング&メンタルケア
＊八時から朝食。九時から正午まで、恒紀が目指す淫乱像について妄想タイム
＊午後十二時半から二十分間、石村に妄想を披露

＊十三時から昼食。十四時から十八時まで、その日の朝こなしたフィジカルトレーニングの自主練習＆世界的に高名な性科学者が書いた淫乱論文の読書
＊十九時から夕食。入浴後、二十時から入念にフィジカルトレーニング＆淫乱論文の感想を述べる＆淫乱の崇高さと尊さ指南
＊午前零時頃、必要とあらば再入浴して就寝
※クリニックが半休の日は、自主練が実地レクチャーに変更。休診日は、朝から石村がすべてにつきあう

という、宣言どおり集中的なものだった。

「んん……っう、ぅ」

「恒紀くん、鼻で呼吸してください」

「ぁ…は……んふっ」

「そう。上手ですよ」

「ん、んん…っんぅ」

今朝、起きて洗顔と歯磨きをすませ、早くもフィジカルトレーニングを受けていた。

恒紀の部屋で、ベッドに押し倒された上、半裸状態でディープキス治療中だ。

昨夜、入院患者が着る病衣がわりにと与えられたバスローブは、いつの間にか、はだけてしまっている。ほとんど全裸といっていい。

前面限定だが、裸体をくまなく観察される現状に恥じ入る。

石村はといえば、淡いブルーのニットにサンドカラーのパンツを合わせたラグジュアリーカジュアルウエアだ。

キスに邪魔だからと眼鏡を外していて、素顔に動揺する。いや。この動悸《どうき》は舌で口内を弄《まさぐ》られる濃いキスのせいだと己に言い聞かせた。

なにせ、上下の唇が腫《は》れぼったくなるほどの威力だ。初体験の恒紀は応え方もわからず、なすがままだった。

呑み込み切れない唾液《だえき》が口の端からこぼれる感触も、いたたまれない。

「もっと、舌を出してもらっていいですか？」

「ん……や、っん」

「恥ずかしがらずに、大胆になりましょう」

「で、も…ぅん……せんせ…ぇ」

「ああ。ペニスが硬くなってきたのが気になるんですね」

「……っ」

もうひとつの羞恥事項をあっさり指摘され、涙眼になった。

触れられてもいない性器が反応を示す事態に、恒紀は驚愕《きょうがく》していた。まさかキスだけで、こんな状況になるなんてと狼狽《ろうばい》する。

真性の淫乱みたいで嫌だとぼやくと、石村が口角を上げた。

「私には、魅力的にしか思えませんが」

「先生…」

「生来の淫乱とは、なんとも素晴らしい素質です。私のクライアントは皆さん、大変な努力を日々重ねて、高次元の淫乱を求めていらっしゃいます。自らの淫乱を磨く目的もおありですが、最大の理由は愛する人のためです」

「！」

後半の言葉に、ハッと息を呑む。今まで、そういうふうに考えたことはなくて、目から鱗《うろこ》が落ちた。

誰かを心から想い、その人に悦《よろこ》んでほしくて精進する。見返りは求めず、相手がうれしがる顔を見るだけで報われた心境になれる。

それこそが、愛し愛される基本理念ではないだろうか。

両親や周囲の思惑を鬱陶《うっとう》しがるばかりだった己を、恒紀は省みた。こんな自分が愛情を求めるなんて、百年早い。

自身になにが足りなかったのか、無意識の慢心にも気づいた。

「…おれ、すごく自己中心的だったかも、しれません」

「恒紀くん」

「人を思いやる気持ちも、欠けてたような……んぅん⁉」

反省点の率直な吐露中、いきなり吐息を奪われた。奥で縮こまる舌を絡め取った、さきほどよりも激しいキスだ。

角度を変えて、何度も反復される。息継ぎが間に合わず、息苦しかった。

ようやく唇が自由を得ても、恒紀は酸欠で気息奄々《きそくえんえん》だった。石村のほうは満足げな笑みを湛えながら、楽しそうに言う。

「初日から、目覚ましい効果ですね。この勢いで、次のステップに進みましょうか」

「……は？」

「私はディープキスを続行します。きみは自分でペニスを触って、射精を」

「そん、な……ぁふ」

またも唇を塞がれ、舌技を駆使してくちづけられる。その刺激はストレートに下半身と直結するもので、悩ましかった。

やり過ごそうと踏ん張るも、身体が裏切る。

体内を駆け巡る狂おしい熱が下肢へ凝縮し、放出したい思いで頭がいっぱいになった。けれど、どんなに達したくても、彼は触れてくれない。眼差しで訴えるも、微笑むだけでキスしかくれない。

勃《た》ち上がり、先走りを溢れさせて震える性器へ、恒紀が右手を伸ばす。

ついに自慰を始めた途端、キスがやんだ。石村に見られているとわかり、うろたえる。手も止まりかけたが、励ますように彼の片手が添えられた。

「あっ……先、生…」

「きみがマスターベーションできちんと快感を味わっているか、医師として見極める義務があります。もし、手淫の仕方に問題があれば、適切に矯正しなければなりません。さあ、つづけて」

「で、も…っ」

「将来、愛する人ができたときのためにも、いいですね？」

「……はい。う…っく」

正論には勝てず、怒濤《どとう》の羞恥を抑え、いつものように性器を扱《しご》いた。

三分と経たず、早々と石村の教育的指導が入る。口調は穏やかだが、けっこうなスパル

夕だ。

「恒紀くん、亀頭《きとう》の弄《いじ》り方が若干違います。もっとこう、グッと力を込めて。手全体ではなく、親指と人差し指が中心です」

「ふ……んんぅ」

「ああ。それで動かすと、大雑把な快楽になってしまいます。鋭くピンポイントに法悦を感じるコツは、アクセントです。ペニスの先端は、さらに繊細な指先のコントロールが重要になってきます」

「あぅ、ん……は、い…」

「余裕があれば、同時に左手で睾丸《こうがん》を交互に、もしくは両方揉《も》んで」

「な、ない…です」

「ならば、今朝はペニス一点集中型で。ほら、全神経を指先とペニスに向けて」

「はいっ」

朝は軽めのはずが、かなり重めの指南だ。自己改革に目覚めた恒紀も感化されて、含羞に双眼を潤ませつつも、一生懸命に励む。

「そこ！　今です。重点的に扱く!!」

「ふぁい……あ、っあ…んぅう…ん」

「まだ甘い！　ここぞという絶頂モーメントを逃すのは、マスターベーションにおいて絶対にやってはいけない最大の失態です。なぜなら、そこまでせっかくやってきた努力すべてが台無しになるからです。わかりますね？」

「す、みませ……ぅく」

「では、もう一度、意識を集中しましょう」

「は、ぁい……あっ、っく……ああ、っあ…あああ」

初日から厳しい治療だが、有能な医師の教示はさすがに的確だった。

熱いレクチャーのもと、さほど間を置かずに精を放った。

半月以上ぶりの吐精とあり、精液の量も夥《おびただ》しい。それ以上に、これまでの自慰とは比較にならない快感と解放感に、しばし呆然《ぼうぜん》となった。

薄い胸を喘がせていると、うっすらと汗ばんだ髪を撫でられる。

笑顔の石村と目が合った。一気に正気づき、動転する恒紀を彼が褒める。

「よくできましたね。気持ちよかったですか？」

「っ……」

恥ずかしさで声にならず、躊躇《ためら》いまじりにうなずいた。その仕種《しぐさ》が婀娜《あだ》めいて映るとは思いもしない。

今夜、自主練習の成果を楽しみにしていると言われ、全身が火照《ほて》った。

翌々日には、次なるステージへ移った。互いのペニスを擦り合うというあれである。

ステップアップごとに、前の課題の上乗せが必須条件なので、手を繋ぐところから始める。キスとディープキス、石村に見られての自慰をすませた段階でひと息つく。

「着実に上手くなってきていますよ、恒紀くん」

「先生の、おかげです」

「きみの努力もあります。リアルな快感を知って、妖艶《ようえん》淫乱にも覚醒《かくせい》中ですし」

「…自分では、あまりわかりませんけど」

「そのうち自覚できるようになりますから、大丈夫です」

己を抜群の淫乱と認めるのは、まだ少し抵抗感があった。けれど、淫乱がいかに有意義かを根気強く彼に説得されるせいか、以前ほどの反感はなくなっている。

世界の名だたる性科学博士が書いた論文を読んだことも一因だ。短所と長所も織り交ぜ、論理的に淫乱の必要性を諭す文章に、不覚にも感動した。

人類にとって大切な要素だから、淫乱はグローバルスタンダードとなりえたのだ。

淫乱を広義的に解釈すれば、愛や慈悲など他者への配慮に繋がる。

やみくもに『アンチ淫乱』と息巻いていた己の未熟さに気づかされた。

それでも、やはり石村の影響が大きい。彼は、恒紀の淫乱さを毎日称《たた》える。それが絶妙な匙《さじ》加減ゆえに、嫌ではなかった。おかげで、淫乱に対する悪感情が肯定的に上書きされ、嫌悪感が急速に薄れつつある。

おまけに、石村は著名人なのに気取っておらず、気さくで優しい。

プライベートルームゆえ、私的な部分を見て接する機会が増えてきて悟った。ルックスからくる冷ややかなイメージとは、真逆といえる。

相変わらず、三食の食事は概ね手づくりだ。治療の気晴らしにと、外食に連れ出したりと気遣ってもくれる。

治療以外の会話も、話題が豊富で楽しい。石村家の話や、恒紀の父親に師事していた学生時代の話も興味深く聞いた。

「長野先生は、当時も非常に有名人でした。優れた性科学者である前に、稀代の淫乱のほうで名を馳《は》せていらっしゃったのでね。講義後は常に、質問を口実に学生に取り囲まれて、講義室を出るのもひと苦労という感じで」

「……なんか、既視感が…」

「きみも、なにやら覚えがありそうですね」

「ええ、まあ…」

大学での様子をかいつまんで話すと、さすがは親子と目を丸くされた。『淫乱王子』の渾名は、言い得て妙と笑われる。

不名誉な異名だと不貞腐れた恒紀に、彼が父の話題をつづける。

「恒紀くんのお父さまの場合、長野ゼミを受講したいと、他校の学生が大挙して詰めかけてきた伝説が、今も卒業生の語り草になっています。幸運にも、私は先生のほうからお声をかけていただきましたが」

「そうなんですか」

機嫌を直した恒紀が、性修大学の大学院に進むつもりだと話す。すると、院試験の傾向と対策まで伝授してくれた。

なにか疑問があれば、退院後だろうが遠慮せず訊いておいでとも言われる。

つくづく親切な人なんだなと思った。石村との出会いで、自分でもいい方向に変われたと実感中だ。

彼の治療と人柄にも感謝する恒紀に、当人がにっこりと告げる。

「さて、ちょっと起きてもらえますか。擦り合いをしましょう」

「……はい」

恒紀は全裸、石村はルームウエア姿で向かい合った。

羞恥で俯く寸前、ベッドに胡坐《あぐら》をかいた石村の膝上《ひざうえ》へ、その腰を跨《また》ぐ姿勢で座らされる。咄嗟に、眼前の肩に両腕を回して摑まった。微《かす》かに高い位置から、困惑ぎみに黒い双眸を見下ろす。

「先生？」

「私は着衣規定がありますので、恒紀くんは私の衣服の中に手を入れるか、衣服越しで触るか、どちらでもけっこうです」

「…わ、かりました」

石村の性器へ直《じか》に触れる勇気はなく、後者を選んだ。そうして、そこを弄られた恒紀が呆気なく果てる。

自慰とは雲泥の差の指使いと快感に、嬌声《きょうせい》が止められなかった。神《ゴッドハンド》の手の神業が気持ちよすぎて、彼を弄るのもままならない。

数日後のフェラチオ治療も、似たり寄ったりだ。

脚を投げ出してベッドに腰かける恒紀の股間《こかん》へ、石村がしゃがむ。恥ずかしくて何度となく両脚を閉じかけたが、逞《たくま》しい肩に膝裏をかけるような格好で銜《くわ》えられてしまった。

性器のみならず、陰嚢《いんのう》も揉みしだかれて身悶《みもだ》える。先走りと彼の唾液で濡《ぬ》れた指先で、会陰《えいん》もなぞられて取り乱した。

「ぅ、ふ……あっあっ……んん…く」

「喘ぎ声も秀逸ですが、腰を振る姿も淫らで蠱惑《こわく》的ですよ」

「やぁ、ん……あ、っあ……だめ…っ」

「とはいえ、早漏もあまり感心できません。己の限界にチャレンジするつもりで、ギリギリまで我慢しましょう。その先にこそ、なんとも言えぬエクスタシーと解放感が、きみを待ち受けています」

「ん、っは、いぃい……っ」

口に含んだまま話されるため、振動が快楽にすり替わる。手での刺激も強烈だったのに、それを凌《しの》ぐ陶酔感だ。腰が砕けそうな快感の連続で、初日から一週間は失神直前までいった。

八日目にやっと、石村へフェラチオをする体力と気力を残せた。

「今日こそは、俺もします」

「ことさらしなくても、いいんですよ?」

「いえ。やらせてください。できれば、その……が、顔射も…」

「きみが望むなら、吝《やぶさ》かではありませんが」

「下手ですけど、先生にしていただいたことを参考に頑張ります!」

「いい心がけですね。では、フェラチオの神髄を私が徹底的に教えましょう」

「はい‼」

フィジカルトレーニング中は毎回、患者と医師というより、スポーツ選手と熱血コーチじみたやりとりになりがちだ。淫猥《いんわい》な行為と知りながらも、恒紀は真剣だった。

至らぬ点は容赦なく指導をと言い添え、ポジションを変わる。

長い両脚の間に両膝をつき、彼の下肢の衣服を下着ごとずり下げた。初めて目にした未勃起《ぼっき》状態でのビッグサイズに動じるも、意を決して口内に迎え入れる。

もちろん、全部は銜え切れない。もたつく間に、石村が檄《げき》を飛ばす。

「可能な範囲でいいですから、もっと思い切って銜えて」

「っふ……ひぁい‼」

「そして、入らない分は手で支え持ち、マスターベーションの要領で愛撫するんです。舌と歯、のどといった口腔《こうこう》内部器官すべてを用い、それらの機能及び能力を最大限に引き出し、ペニスに愛情を注いでください」

「はひ…っ」

手でする以上に、フェラチオは難しかった。三日目くらいまでは全勃起させられずに、顔射は彼が己を扱いてする始末だ。

殊に、のどの使い方が難関だった。何回となく嘔吐《えず》いて涙ぐみ、顎関節症になりそうと思うも、十日ほどかけて及第点をもらうまでになれた。

後孔へ指を挿れるステップ7では、羞恥との戦いが再燃した。

裸でベッドに四つん這《ば》いの姿勢が、もう恥ずかしい。しかも、臀部《でんぶ》を石村に晒すのだ。けれど、ここでへこたれては、今までの努力が無駄になる。恒紀のために貴重な時間を割いている彼にも、申し訳なかった。

シーツを摑んで羞恥心を堪える恒紀の双丘が、割り開かれる。

「ほう!? これは、なんとも…!!」

「?」

なぜか、石村が感嘆めいた声をあげた。次いで、剝《む》き出しの後孔を熱心に見つめる気配を感じる。そういえば、彼はアヌスフェチと言っていた。しかし、誰のそこもたいして変わるまい。

だから、観察はほどほどでトレーニングをと願い、背後を振り返った。

「先生、ひと思いに挿れてください！」

「あ、ああ…。そうですね。すみません。つい、見入ってしまいました。こんなにキュートなアヌスは、私も初めて見たものですから。だが、さすがだ。あらためて、きみは淫乱の申し子と痛感した瞬間です」

「は？　……っく、う」

「恒紀くん、息まずにリラックスを」

「っは、ぁ…はぃい……んふ」

「深呼吸を忘れずに」

「ん……っは、あ…っ」

　専用のローションで濡れた石村の指が、後孔に侵入してきた。最初は指先のみで、次第に根元まで埋まってくる。

　異物感はあるも、痛みはなかった。中でゆったりと探るように動かされて、呻く。

　この行為に、なんの意味がと恒紀が訝りかけたときだ。腰が勝手に揺らめいてしまうほど反応する箇所を指が掠《かす》めた。

「あっ、ん……あ、あ、あ……ゃああ」

「ここが、恒紀くんの快感スポットですよ」

「んっん…ぃ……ぁ、んん……せ、んせぇ…っ」

「もう一本、いきましょうか」

「んあぅ」

圧迫感とともに、指の数が増やされる。よがりポイントをあやされながら、気づけば、三本目も受け入れていた。

後孔への刺激で勃ち上がった性器は、恒紀自らが慰めさせられた。

理想の四本をクリアするのに、六日かかった。その後、いよいよアダルトグッズで全身の性感帯開発のステップ８へ移行した。

石村はステップ８と９を飛ばし、10で、ステップ１～７の総ざらいを勧めた。けれど、やるからには完全制覇と、恒紀が願い出た。取り組んだはいいが、想像以上の難物で苦労する。

手こずる自分に、彼は前ステップの倍以上の日数をかけた。それでやっと、顕著な効果が出始める。

「恒紀くんは、右側の耳と乳首が特に弱いようですね」

「やっ……もう、嚙まな…でくださ…ぃ」

「喘ぎ声も、よがり方も、申し分がない」

乳嘴《にゅうし》をねっとりと齧《かじ》りつつ言われ、背を反らす。今や、シャツが触れる摩擦だけでも、快楽が背筋を駆けのぼる敏感さに仕上がっていた。

一箇所ずつ丁寧に、快感の種を植えつけた彼が悪戯《いたずら》っぽく笑う。

「乳首に限らず、全体的に感じやすい身体と言えますが」

「先、生の……教えどおり、に…」

「ええ。きみは非常に教え甲斐《がい》がある上、性的行為のセンスもいい。元来の淫乱さに洗練されたエロティックさとセンシュアルさが加わり、向かうところ敵なしの究極の淫乱になるのは確実でしょう」

「……ありがとう、ござい…ます」

「淫乱に対して、今も、わだかまりがありますか?」

「正直……まだ少し戸惑いが、なくはないです。でも…」

「でも、なんですか?」

恒紀の右乳嘴に当てた小型のカプセルタイプローターのスイッチを、石村が入れた。細かな振動にあえかな淫声が漏れる。

同時に、性器はコックバンドで射精を堰《せ》き止められ、勃起を継続中だ。後孔は、その周辺と前立腺を自動的に刺激しまくるアネロスで、甘く苛《さいな》まれていた。しどけなく身じろぎながらも、どうにか残った理性で答える。

「先、生から……言われる、のなら……うれし……で、す…っ」

「…それは、恐縮ですね」

一瞬、彼が予想外の台詞を聞いたような顔つきになった。すぐに常の微笑を湛えた表情に戻る。そして、覆いかぶさってきて耳朶を食《は》んで囁く。

「ですが、謝礼を述べるのはまだ早いですよ。ステップ9と10があります」

「あっ、ん……はい！」

「いい返事です」

「は、っあああ…ぅん……あ、あぁあ」

何重もの快楽を与えられつづけた恒紀が、淫らに喘いで吐精した。

己の体液で石村の衣服を汚すのも、習慣化していて面目ない。毎回、小声で謝るつど、いわば勲章と笑う彼の鷹揚《おうよう》さに和んだ。

翌夜からは、ステップ9に入った。ステップ10がいわば総括ゆえ、とうとう最終過程といえる。

石村の目前でアダルトグッズを用いるのは、前段階と同じだ。けれど、射精を伴わぬドライオーガズムで極めないといけない。

最後の関門とあり、これが実に難題だった。アヌス開拓用の様々な性具を投入するも、結果は捗々《はかばか》しくない。ここへきて、膠着《こうちゃく》状態に陥った。後ろだけで感じるようになれても、精を放ってしまうのだ。

「んっ、んっ……あぅ…あっあ……ああっ」

「残念ですが、またウエットオーガズムでしたね」

「あ……ぅ」

ベッドサイドのナイトテーブル上に置かれたティッシュを取り、石村が告げた。恒紀の性器や飛び散った精液を拭《ぬぐ》ってくれる彼に、弾む呼吸で嘆願する。

「……先生、もう一回、お願いします！」

「多少、インターバルを置いたほうがいいのでは？」

「いえ。やらせて、ください」

「恒紀くん」

「だって、三週間以上も頑張ってるのに、全然だめで…。おれ、悔しくて。それに、あと少しで、なにか摑めそうな気がするんです」

「きみは、本当に熱心ですね」

「先生。つきあって、いただけますか？」

約一か月半前の恒紀からは、想像できない発言だ。

性行為にアグレッシブに取り組むなど、自分でも信じ難い。よもや、淫乱道を自ら突き進む日がくるとはと呆れる。けれど、万全なメンタルサポートで淫乱に否定的感情がなくなった現在、なんとしても成果を出したかった。

愛する人のために、己を変える。その純粋な精神に感銘を受け、改心できたといっても過言ではない。

どうせなら、どんな要求へも柔軟に対応できる万能な淫乱になりたい。

目指す淫乱像については、日々の妄想タイムで石村に伝達ずみだ。だから、ステップ8～10にも、果敢に挑んでいる。

複雑な心境ながら、猪突猛進《ちょとつもうしん》な性格は、間違いなく母親譲りだった。

恒紀の熱烈な要望に、彼が目笑してうなずいた。

「わかりました。じゃあ、今、アヌスに挿《はい》っているアナルパールとアナルボールを抜いて、今度はこのペニスを象《かたど》った突起つきのディルド型電動バイブを挿れてみましょうか。中のものは、自分で取ってください」

「くふぅ…んんっ…ぁはあ……ぁ」

「恒紀くん、そう急がずに」

「は、い…っ」

狭隘《きょうあい》な器官でひしめく淫具を、自らの手で除いていく。艶《なま》めかしい声を抑え切れず、わずかな刺激で下半身が跳ねてしまうのも恥ずかしかった。

なんとか出し終えて息をつく暇もなく、次をあてがわれる。

「そう。挿入はゆっくりでかまいませんよ。全部、挿ったら、ひとまず内部が馴染《なじ》むのを待ちます」

「んむ……ふ、ぅ…あ、んん」

「痛みはありませんか？」

「大、丈夫…です」

「無理はしていませんね？」

気遣ってくれる石村に、引き攣りぎみの笑顔でうなずいた。

こういう形のバイブレーターを使うのは、初めてだ。未体験の感覚に当惑するも、条件反射で性器が反応を示す。

クッションに背中でもたれ、彼へ向けて両脚開脚状態という嬌態に低音が促す。

「そうですか。では、スイッチを入れて」

「は、い…っ」

「きみの快感スポットを、念入りに可愛がるんです」

「あぁあ……んゃ…ん、あ、あ……っあ」

「パワーは最高レベルの『強』ですよ」

石村の指で開発された性感帯を、突起がうねうねと突いてくる。

かなり衝撃的な体感だったが、なおもそれで粘膜内を擦り立てるよう言われた。無論、逆らわず、従順に従う。

目くるめく快感の渦に巻き込まれ、しばらくののち、恒紀が硬直した。

「んああ!? ……あっ、あっ、あっ…ぁ」

「恒紀くん?」

「……っ」

不意に、頭の中と目の前が真っ白になった。なにより、とてつもない法悦の境地へ叩き込まれる。

これまでとは比較にならぬ、究極の快感に茫然自失となる。

時間にすれば、きっと、わずかな期間だろう。けれど、インパクトが絶大すぎてショックが冷めやらない。そんな恒紀の髪を撫でて、石村が感慨深げに呟く。

「ドライオーガズムで、達することができましたね」

「……え…?」

「ほら。きみ、射精していませんよ」

「あ……」

彼の言葉に違《たが》わず、手で触れた己の性器は濡れていなかった。込み上げてきた達成感で、だるさも忘れて石村に抱きつく。反動で、後孔に刺さったままのバイブレーターが抜け落ちた。その感触に甘い吐息をこぼしつつも、心からの謝意を述べる。

「んぁ……ふ……先生、ありがとう……ございますっ」

「すべては、恒紀くんの努力の賜物《たまもの》です」

「いいえ。先生とだから、ここまでできました」

「……っ」

まぎれもない本心が口から滑り出た。医師はごまんといるが、彼でなければ、こうも己を曝《さら》け出せたかどうかは謎だ。

石村の双眼に、不可思議な色が浮かんだように見えた。確かめる間際、それはすぐに消えてしまい、穏やかな笑みが返される。

「クライアントにそう言ってもらえる私は、果報者の医師ですね」

「…ええ。先生の患者になれて、よかった」

クライアントという単語に、なぜか胸の奥がちくりと痛んだ。なんだろうと内心で首をかしげる恒紀へ、彼がつづける。

「さて。このまま、ステップ10にいきますか」

「……お願い、します…」

「では、はじめに手を繋ぎましょう」

「はい」

総ざらいは、順調にいった。五回射精すればいいところを、恒紀は予定の八日間とも十回も極めた。しかも、うち三回はドライオーガズムである。

文句なしに、この病気の治療更生プログラムにおける金字塔を打ち立てた。これまでの世界最高記録は、ウエット六回とドライ一回の計七回だったとか。

まさに、淫乱のサラブレッドたる格の違いを見せつけた格好だ。

入院日数が残り二日となる頃には、石村に触れてほしくてたまらなくなった。

知らず、物欲しげな眼差しを送っていると、彼に宣言される。

「恒紀くんの『恋愛機能不全非淫乱症候群』は無事、完治したようですね。治療も、これで完了となります。予定どおり明後日《あさって》、退院できますよ。おめでとう」

「…はい。本当に、お世話になりました」

「私は、医師として当然のことをしただけです。しかし、きみが病を克服し、世界に名を轟《とどろ》かせる淫乱へと変貌《へんぼう》を遂げた事実は、私も誇らしい。目標を大きく上回った、無敵かつオールマイティな淫乱になれていると思います」

「…そうでしょうか？」

「ええ。どうか自信を持って、愛する人と幸せを摑んでください」

「ありがとうございます。先生も、お元気で…」

退院までの間、石村との身体的接触はなくなり、なんとなく寂しかった。

病気が治ってうれしいはずなのに、後ろ髪を引かれる。自分でも自分の心情を測りかね、恒紀は途方に暮れた。


二か月ぶりに自宅へ戻った恒紀を、両親は温かく迎えた。

ぎこちない態度の自分に、母は、これまでのような言及はやめると言った。父ともども、見守るスタンスにシフトチェンジするとか。

「安心してね、恒ちゃん。二度と、うるさくしないわ」

「うん。ありがと、母さん」

「恒紀、おかえり。石村くんから、よく頑張ったと聞いたぞ。ご苦労さん」

「父さんが、名医を勧めてくれたおかげだよ」

石村の名前を耳にしただけで、脈が乱れ打つ。

あれ以降も、彼に対する恒紀の困惑は継続中だった。理由を探求すべく考えてみて、ある感情に行き着いた。

もしかしたら、石村へ惹《ひ》かれているのではないかという仮説だ。

もちろん、まさかと半信半疑で否定に走った。恒紀の性格上、おいそれと誰《だれ》かを好きになるなんてありえない。

単に、濃密な時間をともにした相手への親しみの情だ。

なにせ、二か月を一緒に過ごし、わかった人となりも素晴らしかった。なんといっても、肉体的に初めて触れ合った人ゆえに、意識せずにはいられない。

しかし、彼は医師だ。単純に、恒紀のことはいち患者としか見ていまい。終始、優しく接してくれたのも、特別な意味などないのだ。仮に、あるとすれば、自分は恩師の息子だから、ほかの患者よりは丁重に扱った程度だろう。

もしくは、世界的に珍奇な症例だったから、熱心に診《み》てくれたとかだ。

きっと、他の患者にも、相応に親切にしているはずだ。

日々の仕事に忙殺されて、そのうち忘れ去られる。思い出すにしろ、珍しい病気に関してのみだ。

元々、己に自信がない恒紀は、そう判じた。心惹かれる云々《うんぬん》も、気のせいと自身へ言い聞かせる。

おそらく、ちょっとした憧《あこが》れで、ときが経てば冷める。

いずれ、長い人生の間の、些細《ささい》なできごとになる。ただ、心がフラットに戻るまでが、案外つらいと胸苦しさを覚えて、眉《まゆ》を微《かす》かにひそめて瞼《まぶた》を伏せた。

図らずも溜《た》め息もつき、一連の仕種《しぐさ》が艶《つや》っぽさ炸裂《さくれつ》との自覚はない。

淫乱《いんらん》の大先輩たる父母にさえ、瞠目《どうもく》されたほどの婀娜《あだ》めきだ。

「……恒ちゃんたら、どこに出しても恥ずかしくない至高の淫乱になって。これなら即、淫乱デビューできるわ」

「……さすがは、石村くんだ。こちらの予想をはるかに上回る、匂《にお》いやかなハイパー淫乱に仕上げてきたな」

「え？」

なにかと訊《き》き返すと、母親はなんでもないと笑った。父親は咳払《せきばら》いのあと、恒紀の肩をねぎらいの意を込めてか軽く叩《たた》く。

「いや。たった二月《ふたつき》会わなかっただけで、成長したなと思ってね」

「そうかな…」

「真利さんの言うとおりよ。恒ちゃん、なんだか一皮剝《む》けた感じ」

「だと、いいんだけど」

淡い微笑《ほほえ》みを浮かべて、小さく肩をすくめた。

恒紀の視界に入らない場所で、両親が『祝！ 淫乱フェロモン爆増‼』と拳《こぶし》を握っていたとは想像もしない。当初の目論見《もくろみ》を凌駕《りょうが》する勢いで異彩を放つ、息子の驚異的な淫乱ぶりに悦に入っているともだ。

「さあ。ごはんにしましょ。今夜は、恒ちゃんが好きな鰆《さわら》の西京焼きよ」

「母さんの鰆の西京焼き、ひさしぶりで、うれしいな」

「久々に三人そろっての食事だ。乾杯しよう」

危うく、淫乱開眼祝杯と言いかけて、あらためた父の言葉に肯《がえ》んじた。

親子水入らずの夕餉《ゆうげ》を食べる。翌朝の朝食も、恒紀の意思を取り入れて、軽めのパン食が導入されていた。

不干渉を有言実行した母親に、恒紀のほうから切り出す。

「おれ……今朝《けさ》はオナニー、五回したよ」

「えっ」

「もちろん、勉強もちゃんとやった」

「恒ちゃん？」

「嘘《うそ》じゃなくて、本当だから。母さんさえ嫌じゃなければ、部屋のゴミ箱を見てみて。使用ずみのティッシュ、捨ててあるし」

「まあ…」

感激もあらわな表情で、母がじわりと涙ぐんだ。その肩を優しく撫《な》でた父が、恒紀に視線を遣《や》って頬《ほお》をゆるめる。

「恒紀、退院早々、無理しなくていいんだぞ？」

「わかってる。毎朝は報告しないよ。でも、心配かけたから。おれはもう大丈夫だよって、知ってもらいたかっただけ」

「そうか」

「うん。…あと、たぶん、夢精も近々するかも」

石村の緻密《ちみつ》で完璧《かんぺき》な治療で完治した身体《からだ》が、疼《うず》いて仕方ないのだ。今朝方も、彼に触れられて感じまくる夢を見て危なかった。

この分でいくと、夢精は時間の問題だろう。

「そのときは、また言うね」

「恒ちゃん。私、とってもうれしいわ！」

「でもさ、汚れた下着とか本気で洗う気なの？」

「ええ。それが夢だったんだもの。一回だけでいいの。お願い」

「なら、いいけど」

「ありがとう♡」

両親の思惑を不知の恒紀は、どこまでも素直だった。見事な淫乱へ華麗に羽化した有様を目の当たりにするたび、彼らが胸中で有頂天状態など気づかない。

数日後には、すっかりもとの生活サイクルになった。

大学へも、復学を果たす。キャンパスに舞い戻った淫乱王子《プリンス》を、周囲は待ってましたとばかりに熱狂的に出迎えた。

ナンパシャワータイムも復活し、デートに誘われる。

治療の効果か、何十人から声をかけられても、心はささくれ立たなかった。気持ちにゆとりを持って、対応できる。

悩殺淫乱スマイルの威力も、段違いになっていた。恒紀が笑顔を向けただけで、惚《ほう》けたように立ち尽くす者が続出して混乱に陥る。

こちらが話しかけても、陶然としたまま対話が成り立たない。

内心で弱っていると、先輩の吉川がやってきた。彼も若干酔いしれたような顔ながら、思考能力と言語機能は正常らしい。

いささか上擦った声だが、堂々と誘ってくる。

「長野、今日は俺だけとつきあってくれないか」

「吉川先輩？」

「少しでも長く、おまえを独占したい。キラキラどころか、エロエロ淫乱ぶりが半端なくて魂を奪われそうだよ」

「………」

淫乱を褒められて、一瞬、恒紀の脳裏を石村の面影がよぎった。けれど、慌ててそれを打ち消す。

一日も早く彼とのあれこれを忘れるためにもと、吉川の誘いに乗る。

「…わかりました」

「いいのか!?」

「はい」

返事をした途端、吉川が満面の笑みになった。

彼とは、何度かデート経験もある。人柄も悪くないし、実際、恋人候補としても問題のない人物だ。

自分は同性とのほうが相性がいいと、石村も勧めていた。

そう考えて、また石村に意識が向いた己を戒める。軽くかぶりを振って小さく息を吐き、集まった人々に告げる。

「皆様、本日はご覧のような運びとなりました。誠に申し訳ありませんが、ご理解いただけますと幸いです。では、失礼いたします」

艶冶《えんや》に微笑んで、一礼した。その恒紀に、あちこちから以前にもまして、称賛めいた溜め息が漏れ聞こえてくる。

破格のセクシー淫乱フェロモンで周りを無意識に圧倒しつつ、大学の門を出た。

この日は、最終コマの講義を取っていた。ナンパシャワーに時間も取られたため、時刻はすでに午後五時半を回っている。徒歩と電車での移動を鑑《かんが》み、寄り道はせず、夕食へ行くことにする。

夕飯がいらない旨は、通学時は恒例の事態ゆえに母も承知だ。

連れていかれた先は、都内でも有数の格式高いホテルだった。恒紀も昔から、家族で何度も訪れているところだ。

吉川はブラックのジャケットにストーングレーのパンツ、恒紀は白のドレスシャツにダークブラウンのベスト、紺色のパンツというフォーマル寄りのスタイルなので場違いというほどではない。

ここに来た段階で、ある種の予感はあった。

ホテル内のレストランにて、各々がディナーコースを頼む。美味《おい》しい料理に舌鼓を打ち、会話も楽しんだ。そして、デザートに差しかかった頃、吉川が並々ならぬ意欲がこもった声で言う。

「今夜は、長野を帰したくない」

「先輩…」

「好きだ。俺は、おまえと恋人になりたい」

「……っ」

案の定、大まじめな告白をされてしまった。これまでは、冗談風味とわかって躱《かわ》せたが、今回は本気モードでごまかせない。

どう返答すべきか悩む恒紀へ、さらに彼がつづける。

「それとも、誰か本命がいるか？」

「え……」

思わぬ確認に、言葉に詰まった。問答無用で石村のことを思い浮かべてしまい、微かに動揺を呈する。こんな局面で、迷わず彼を連想した己の厚顔さに恥じ入った。血迷うにもほどがある。

即答しない恒紀を訝《いぶか》ったのか、吉川が再度訊いてくる。

「長野、好きな人がいるのか？」

「……いえ」

「本当に？」

「ええ。突然の展開で、びっくりしただけです。いつになく、先輩も真剣でしたし。リアクションが遅れて、すみません」

「そっか」

即席の言い訳にしては、上手くできた。彼も不自然さは感じなかったようで、あらためて熱く口説き出す。

「じゃあ、遠慮なく。仕切り直しな？」

「…はい」

「おまえが欲しい。正直に言うと、さっきからコケティッシュかつグラマスな淫乱さに当てられっぱなしで、食事中も上の空だった。今すぐ、おまえを抱きたくて、ずっとうずうずしてた」

「……っ」

「長野の全部を俺のものにしたい」

「先輩……」

実直な告白は、殊に後半部分は面映《おもは》ゆかった。

期せず、目元が赤らんだが、好印象に捉《とら》える。吉川の人柄が表れていて、微笑ましい。

などと、冷静に分析できている状況に、嘆息を呑《の》み込んだ。

吉川と自分の想いには、明確な温度差がある。けれど、彼を好ましく思う気持ちは確かだ。いつか、この差が縮まって同じになるかもしれない。

そう考えた恒紀が、まだ、いくぶん躊躇《ためら》いながらも決断する。

「…家に連絡させてもらっても、かまいませんか？」

「それって、外泊許可を取るため？」

「……そうです」

首肯した瞬間、吉川が両手でガッツポーズをして天を仰いだ。そんな彼に、一言断りを入れて席を外す。

レストランを出て、目と鼻の先にあるレストルームへ行った。運よく誰もおらず安堵《あんど》し、自宅の固定電話へ電話をかける。

二十歳《はたち》を過ぎた男がと苦笑うも、無断外泊は憚《はばか》られた。そのへんは、きまじめな性分が適当な対応をよしとしなかった。直近の家庭内事情もあり、心配をかける可能性も捨て切れず、なおさらだ。

「はい。長野でございます」

よそいき声で、母親が出た。恒紀が名乗ると、いつものおっとりした声音に切り替わる。どうしたのと訊《たず》ねられて、はにかんで答える。

「えっと、今日はおれ、帰らないから」

「え……こ、恒ちゃん。今、なんて言ったの？」

「だから、明日の朝ごはんもいらないって話」

「なんですって⁉」

「母さん、落ち着い……」

「落ち着いてるわよ。…つまり、どなたかと、お泊まりしてくるんでしょ？」

「…うん。急な話なんだけど、さっき、その人とつきあうことになって」

「それじゃあ、恒ちゃんは今夜ついに難攻不落だった貞節を脱ぎ捨てて、真に淫乱界の扉を開くのね！」

「……まあね」

「なんて素敵なニュースなのかしら♡　あ。ちょっと待ってね。真利さん!!」

異様に浮かれ切った母は、父にまで電話を替わった。

狂喜乱舞の両親は、外泊を快く許してくれた。何連泊でも可との台詞《せりふ》に苦笑を漏らし、明日には帰ると返す。なんといっても、今日はまだ週半ばの水曜日だ。翌日も平日で、大学の講義がある。

スマートフォンをパンツのポケットにしまい、恒紀が吉川のもとへ戻った。

レストランをあとにする段になり、支払いがすまされていて心苦しくなる。

「自分の分は払います」

「ここは、かっこつけさせてくれよ。そのかわり、ホテル代は割り勘で頼む」

「わかりました。ごちそうさまです」

こういう飾らないところが、彼の美点だと思う。今後、もっと見つけていけたらいい。恒紀も、愛される努力を怠らないように頑張る。

吉川と肩を並べて、フロントに向かった。部屋を取り、カードキーを手にしつつ身を寄せてこられる。

「今夜は楽しもう」

「は、い……っ」

腰に腕を回され、耳元でそう囁《ささや》かれた。直後、全身にうっすらと鳥肌が立った己に愕《がく》然《ぜん》となる。

決して嫌いではない、むしろ好感を抱いている相手との接触なのにと動じた。

今頃、吉川との具体的な性行為にも、思考が及ぶ。瞬間的に、『無理！』と身震いした。無論、『恋愛機能不全非淫乱症候群』の再発でもなかった。淫乱や性愛に対して嫌悪感は皆無で、病は完治ずみだ。

遅まきながら、やはり石村しかだめなのだと確信する。彼が相手だったから、安心してすべてを委《ゆだ》ねられたし、あんなに恥ずかしいこともやれた。

最初は医師への信頼感だけだったのが、いつしか恋心に変わっていた。ゆえに、退院直前、患者扱いされて胸が痛かったのだ。

ひとりの人間として、石村に見てほしかった。

即《すなわ》ち、恒紀が石村を恋するがゆえに、彼以外の人を受けつけられないだけだ。吉川でなくとも、結果は同様になる。

しかし、今さら自らの恋情に気がついても、どうにもならない。

しょせん、自分は石村にとって、その他大勢だ。失恋は確定的である。ならば、せっかくの治療を無駄にしないためにも、ここは踏ん張ろう。

彼から絶賛された淫乱さで乗り切る。そう観念し、ロビーを進みかけた矢先、恒紀の名前が呼ばれた。しかも、密《ひそ》かに焦がれていた聞き慣れた声だ。

「恒紀くん？」

「！」

まさかと信じられない心境で振り返った。視線の先に、三つぞろいのダークスーツ姿にシルバーフレームの眼鏡《めがね》をかけた石村がいて、双眸《そうぼう》を瞠《みは》る。シックなボルドーカラーのネクタイと胸ポケットのチーフも小粋で、決まっている。

「ああ。やはり、きみでしたか」

「……っ」

「奇遇ですね。その後、調子は……っ」

なぜ、ここに石村がと不思議がるよりも、身体が勝手に動いていた。

吉川の手を離れた恒紀が、石村の胸元に飛び込む。懐かしいフレグランスが鼻孔をくすぐり、性感帯がざわめいて自然と目が潤んだ。

軽々と受け止めた石村を見上げ、艶《なま》めかしい吐息を吐く。

「先生…」

想いをうまく言葉にできず、ただ見つめつづけた。

片や、はじめは驚いた顔つきだった彼も、次第に柔和な面持ちになる。そこはかとなく、うれしそうな雰囲気が伝わってくるのは気のせいだろうか。

そこへ、取り残された形になっていた吉川が割って入った。

「やっぱり、そういうことか」

「あ……先輩……！」

「なんとなく、気が進んでないみたいだったもんな。あそこで、長野の本心を察しなかった俺が悪い」

「いえ。あれは、おれが…っ」

石村に背をあずける格好で、恒紀が吉川と向き合う。

好きな人の有無を訊かれ、いないと答えたのは自分だ。けれど、微苦笑しつつも、彼はどこか吹っ切れた表情でいる。

怒っていい場面なのに、不審を残したまま先走った自身にも非はあるので、お互いさまという。

「みなまで言うなって。だいたい、俺といるより、そっちのマックス淫乱紳士といる長野は過去に見た覚えがないくらい激淫乱で、蕩《とろ》けそうな顔してるし。それが真実を物語ってるだろ」

「…先輩」

「ふたりがお似合いなのも、一目瞭然《いちもくりょうぜん》だしな。ここは、潔く身を引くよ」

「……本当に、ごめんなさい」

「いいって。俺もまだまだだって、勉強になった。またな」

「はい」

大学で超絶淫乱彼氏の話を聞かせろとウインクし、吉川が踵《きびす》を返す。メディア等で石村を見知っているだろうに、突っ込んでこない分別も礼儀正しい。

部屋のキャンセル料は全額、彼に受け取ってもらいたい気分だった。

正面玄関を颯爽《さっそう》と出ていく吉川を見送る恒紀に、石村が呟《つぶや》く。

「なかなか、チャーミングな青年ですね」

「そうなんです……って、先生。どうして、こんなところに？」

「ああ」

我に返り、訊ねた。いわく、性医学学会が偶然、昨日からこのホテルで開催されていたらしい。二日間に及んだ学会自体は午後六時に終わったが、彼は雑誌の取材を数本受けていたので、今の時間までいたとか。

しかも、ちょうど帰ろうとした際、恒紀の父から電話がきたという。

「あらためて、治療の礼をおっしゃっていただきました。『石村くんのおかげで、今夜、うちの子が初お泊まりなんだよ』と、興奮ぎみに報告もしてくださって。よほど、およろこびだったんでしょう」

「……父さんてば」

「正直に言うと、医師としては満足でも、男としては複雑な心もちでした」

「え⁉」

「ですから、あの青年といる恒紀くんを見かけて、いけないとわかっていたのに、声をかけてしまったんです」

「……っ」

さらりと継がれた言葉に、恒紀が瞠若《どうじゃく》する。

自分と同じ想いを告げられた心地で、石村に向き直った。そこに、愛《いと》おしげな眼差《まなざ》しがあって、鼓動が早鐘を打つ。絡め取られた眼差しを逸《そ》らせない。

「そしたら、うれしい誤算が待っていた。私を慕っていると目で語るきみがいて、まさに天にも昇る心地でした」

「先生…！」

「私の解釈は、間違っていませんよね？」

「……はい」

「よかった」

「でも、嘘みたい」

信じられないと呟いたら、彼が笑みを湛《たた》えた。そんな恒紀の髪に唇を押し当てて、抑えた低いトーンで言う。

「入院後半頃には、すでに惹かれ始めていたと思います。健気《けなげ》でピュアで、一生懸命な恒紀くんを知っていくたび、好きになっていきました。なにも知らなかったきみが、私の手で艶やかな淫乱へと花開いていく様子の一部始終を見て、自分のものにしたいとの邪念に、何度駆られたことか」

「…全然、気がつきませんでした」

「気づかれたら私が困りますし、医師失格です」

苦笑を返しつつ、石村がつづける。

短期間だが生活をともにし、恒紀の素顔に触れるつど、恋情は募った。

とはいえ、医師が患者に手を出すなど言語道断だ。とりわけ、総合性心カウンセラーは職務の性質上、厳格に己を律することが求められる。場合によっては、資格剝奪《はくだつ》もありうるらしい。

それゆえ、職業倫理と恋心でジレンマに陥るも、前者を優先させた。しかし、退院後も恒紀を忘れられずにいたと聞いて、胸が弾む。

こちらも気持ちをきちんと伝えなければと、震えそうになる口を開く。

「おれは、もう先生のクライアントではないので、仕事上、モラル的になんの問題もないはずです。だから…」

「なんですか？」

「おれに、先生を愛させてください」

「恒紀くん」

「おれの愛する人に、なってくれませんか？」

「私の台詞です。きみの初めては、すべて私が愛したい。誰にもきみを渡したくない。今、この瞬間から正式に、恋人としてつきあってくれますか？」

「！」

またも夢のような状況が信じられず、恒紀は幸福な眩暈《めまい》を覚えた。

いきなり成就した初恋にも現実味が湧《わ》かずに呆然《ぼうぜん》となっていたら、促される。

「返事は？」

「あ……こ、こちらこそ、よろしくお願いいたします」

「やっと、両想いになれましたね」

「はい！」

「早速、フィジカル面でも、きみと愛し合いたいんですが？」

「……おれも、です…」

恥じらいつつも同意すると、破顔された。

身体の相性は大事なので、婚前交渉が当たり前の世の中だ。

軽く唇を啄《ついば》まれたのち、ふたりでホテルを出る。石村の車に乗り、ほぼ一週間ぶりに彼の自宅マンションにやってきた。

「恒紀くん」

「んぅん!?」

部屋に入って靴を脱ぐなり、玄関先で唇を奪われる。のっけから舌を絡めたディープキスに、間隔が空いていた恒紀は慌てた。

口蓋《こうがい》を舐《な》められ、舌の根が痺《しび》れるほど吸い上げられて息を乱す。

角度を変える瞬間、石村が恒紀の下唇を食《は》みながら訊ねてくる。キスに邪魔な眼鏡は、抜かりなく外されていた。

「あれから、キスはしましたか？」

「…ん、っん……してな…」

「あの青年とも？」

「っはぁ…ふ……先、生だ…け」

「そうですか。…ああ。どうせなら、これを機に『先生』という呼び方はやめて、今後は私のことは名前で呼んでもらいましょう」

「えっと……石村さ…ん？」

「少々他人行儀に聞こえますから、柊と」

「……し、柊さん」

「いい感じですね」

ご満悦な体の石村に、恒紀も言葉遣いをあらためるよう頼んだ。丁寧語はやめて、普通に話してほしい。彼のほうがひと回り以上も年上なのだし、名前も呼び捨てでとの要請は、易々《やすやす》と受諾された。

「わかったよ、恒紀。きみも、僕に敬語はやめてくれるかな」

「…うん」

石村の一人称は『僕』なんだと、たったそれだけの情報にすらときめく。穏やかな口調は変わらないけれど、彼らしくて素敵だった。

「さて、と」

「わっ⁉」

「落ちないように、僕の首に摑《つか》まっていて」

不意に、足下が宙に浮いた。石村が恒紀を横抱きにしたのだ。いくら痩《や》せ形にせよ、足取りひとつ乱さず成人男性を抱えて歩ける膂力《りょりょく》に驚愕《きょうがく》する。

そのまま、自らの寝室へ向けて廊下を進み始めた彼を止める。

「あの、柊さんっ」

「なんだい？」

「お風呂《ふろ》、先に入ってもいい？」

「いいよ。じゃあ、一緒に入ろうか」

「ええ⁉」

そんなつもりはなかったが、断れなかった。結局、ふたりで入浴し、恒紀は石村の全裸を初めてまともに見た。手足は長く、腰の位置は高くて、薄く筋肉が張り詰めた体軀《たいく》は美しい。着痩せするタイプとも知った。

肉体観察もそこそこに、身体を洗うという名目で全身を愛撫《あいぶ》される。フェラチオもしっかりされて、極めた際の淫液を飲まれた。

初体験に狼狽《ろうばい》しつつも、恒紀も石村の性器を口に含む。浴室の壁を背に立った彼の股間《こかん》へ両膝《りょうひざ》をつき、トレーニングを思い出しながら臨んだ。

さほど経たないうちに、自らも勃《た》ってしまって頰が熱くなる。

「僕のを銜《くわ》えただけで、感じたの？」

「ん、ふぅ……だっ、て……柊さん、大好き、だか…ら……うれし…ぃ」

「本当に可愛《かわい》い淫乱で困るな」

「あ……おっきく、なっ…」

「恒紀のせいだよ。なんなら、きみも飲んでみる？」

「ん……全部、ちょうだ…ぃ」

「初心者とは思えないくらい、誘い方まで堂に入ってて弱るな」

「は？　…んぐ……んむんっ」

嵩高《かさだか》になった熱塊が脈動後、口内で決壊した。愛しい人の精液だと思うと、こぼすのも心苦しくて、一心不乱に飲み下す。こういう言動を取るべきと、誰に教わったわけでもないのに自然と振る舞っていた。

受け継がれた淫乱遺伝子のなせる業《わざ》だが、本人は無意識だ。己の行動が石村をよろこばせるなど、考えもしない。

最後の一滴すら残さず、子猫がミルクをねだるように性器全体を舐め回す。その様も、淫《みだ》らの一言に尽きた。まさしく、愛し愛される仲での性行為で、眠らせつづけてきた天才的淫乱性が爆発的に開花した瞬間といえた。

果てたにもかかわらず、硬度を保っている石村にもうっとりする。

この間、年上の恋人は恒紀の髪を優しく撫でてくれていた。

「伸びしろたっぷりで将来有望な、仕込み甲斐《がい》のある淫乱で楽しみだね」

「な、に……柊さ…？」

「僕が知らないきみを、たくさん見たいって話」

「おれの全部を、この世で誰よりも知ってるのは、柊さんなのに？」

「まったく、どこまで僕を夢中にさせる気なんだか」

「あ……」

両脇《りょうわき》の下に手を入れられて、立たされる。キスされながらシャワーを浴び、ほとんど抱えられる格好で脱衣所へ移った。

バスタオルで水滴をざっと拭《ぬぐ》われた。バスローブを羽織った石村に、一糸まとわぬ姿で再び横抱きにされ、彼の寝室に連れ込まれてしまう。

キングサイズと思《おぼ》しき広いベッドに、縺《もつ》れるように倒れ込んだ。灯《あか》りを煌々《こうこう》とつけた中、性行為が始まる。せめて、照明を絞ってほしいとの依頼は、『きみのすべてを余さず見たいから』と笑顔で断られた。

唇へのキスが、首筋や鎖骨、乳嘴《にゅうし》や鳩尾《みぞおち》付近へ移動していく。時折、ちくりと痛むのは、吸痕《きゅうこん》を残されているとわかってうれしかった。

「あっ…ふ」

「うつ伏せになってくれるかい？」

「ん」

性器と陰嚢《いんのう》を手と口で可愛がっていた石村が言う。今度は背面に愛の刻印をつけてもらえると心を弾ませて、身体を反転させた。すかさず、腰のみを掲げて両脚を開いた体勢を取らされて焦る。

シーツに胸元をついているため、四つん這《ば》いよりも破廉恥ポーズだ。

さすがに恥ずかしく、もの申そうと背後を顧みた恒紀がなおも赤面した。見遣った先で、ベッドに座った彼が恒紀の後孔へ顔を埋《うず》める寸前だったせいだ。

「ちょ……せんせっ……あ、違う。柊さん、なにしてるの!?」

「きみのここを舐めて、ほぐすんだよ」

「そ……で、でも、そう！　いつも、ローションで…っ」

「あれは治療。今は、恋人同士のセックスだからね。やり方は人それぞれだけど、僕は愛する人のアヌスは自分の身体だけを使って蕩かせたい主義なんだ。特に、恒紀のアヌスは別格で思い入れが深いし」

「や、う…んん」

制止も叶《かな》わず、尖《とが》らせた石村の舌が後孔をつついた。窄《すぼ》まりまで丁寧に舐め尽くし、指でもマッサージする勢いだ。

弱々しく身じろいで抗《あらが》ったが、情熱的な淫戯はやまない。優しくも、いっさいの妥協を許さぬ攻めの姿勢が、彼のプライベートな性交のようだ。惑う恒紀を宥《なだ》めつつも、快楽で泣かせることに余念はなかった。

流し込まれた唾液《だえき》のぬめりを借り、指と舌で筒内をさんざん弄《まさぐ》られる。快感スポットを把握されているので、内部への刺激だけで二度も果てた淫乱ボディの歓喜ぶりだ。

開発者自らが全身全霊で愛情を傾けるから、ひとしおだろう。

色っぽく息を乱す恒紀を眺める石村が、体内の指をおもむろに抜いた。そうして、アヌスフェチの本領を発揮する。

手触りを楽しむよう臀部《でんぶ》を揉《も》み、秘処について語る。

「実は、きみのアヌスには、ハート型の斑紋《はんもん》があってね」

「……は⁉」

「たぶん色素沈着にせよ、ミラクルな神の采配《さいはい》だよ。こんなにも淫乱なきみのアヌスに、ハート型の模様があるなんて！　最初に見つけたときは、大興奮したね。ものすごく貴重だし、可愛いとも思った」

「はあ……」

「ちなみに、今の体勢だとスペード型というか、ピーチ型に見えるかな。だから、治療中、きみが僕に向けて脚を開いて、指やアダルトグッズをアヌスに挿《い》れてた際は、まるでハートに矢が突き刺さってるみたいで、また愛らしくて」

「な……」

「もちろん、僕のもので射たいと、いけない妄想もしたよ」

「……っ」

そういえば以前、石村が恒紀の後孔を見て感心していた。あれは、こういうことだったのかと納得がいくも、羞恥心《しゅうち》が控えめに疼く。

否定したいが、彼がこんな馬鹿げた嘘をつく必要はない。

なんだか、淫乱印みたいで微妙な心境になった。よりによって、そんな部位にそんな形で色素沈着があるなんて、淫乱品質保証マークみたいで汗顔の至りだ。

しかも、『知ってたかい？』と訊かれては、なおさらだった。

知るわけがないと、耳まで朱に染めてかぶりを振る。すると突如、上体を抱き起こされた。両膝裏を持たれて開かされ、石村の膝上に背後から抱きかかえられて座る格好になる。

このとき、ベッド脇から数メートルほど離れたクローゼットに立てかけている姿見が視界に入った。ぎょっとして、まさかと嫌な想像をめぐらせる。

「し、柊さん⁉」

「ちょっと、遠いね。どうせなら、近くに行こうか」

「や……」

恒紀を抱いたまま、彼がベッドを下りた。そして、大きなビーズクッションを脚で器用に蹴《け》って、姿見の前に動かす。その上に恒紀ごと腰を下ろし、体液で濡《ぬ》れそぼつ後孔を見せつけられた。

「ごらん。きれいなハート型だろう」

「……柊さん……恥ずかしいよ…」

型崩れいっさいなしの正確なフォルムが、恨めしい。陰毛が極端に薄いのも災いした。窄まりを中心に、小さな後孔を包み込んでいるハート型がよくわかる。

そこを円を描くように指先で弄《いじ》られ、羞恥と昂揚《こうよう》が錯綜《さくそう》する。鏡越しに目線が合うから、余計だ。

「恥じらうきみも、僕のお気に入りでね」

「ゃ、んう…ふ」

「ほら。まずは、指でキュートなハートを射抜いたよ」

「あっ、んん……ぃ、あ、あ…ぁ」

「見えるかな。きみのハートが健気に縮んで呑み込んでくれてる」

「あ……あぁあ、んあ」

一気に三本を詰め込まれて、嬌声《きょうせい》をあげた。苦痛は皆無で、あまりの気持ちよさに恒紀の性器から精液が少しこぼれる。

なにかに縋《すが》りたくて、上半身をよじって右腕を石村の首筋に回した。

必然的に、互いの顔が近づく。至近距離で見つめ合った刹那《せつな》、彼が囁いた。

「後背位系の体位で合体しない限り、このハート型アヌスを射抜けてうれしいな」

「…おれの……っん……心《ハート》を…摑む、より？」

「まさか。両方ともじゃないと意味がない。というわけで」

「ん、ああっ」

予告なしに指が引き抜かれた。間を置かず、ビーズクッション上の下方で胡坐《あぐら》をかいた石村の熱杭《ねっくい》が、アヌスハートのど真ん中を貫いてくる。

体勢的に、自らの体重で彼をナチュラルに迎え入れてしまう。

充分なほど慣らされていたため、やはり痛みはなかった。

しかし、ペニス型のバイブレーター以上のサイズを誇る石村だ。存在感と圧迫感がすごい。充溢《じゅういつ》した長大な楔《くさび》が、隘路《あいろ》をゆっくりと掻《か》き分けて侵攻してくる。

その脈動や感触を直《じか》に感じ取れて、生々しくも至福の至りだった。

本番はなにもつけずにと申し出たのは、恒紀のほうだ。愛しい人の一部を、素で体感したかった。だから、待望の生石村を歓迎しすぎて、早く根元までおさめたい欲求で、慣れないくせに腰を蠢《うごめ》かす。

「ふ、ぅん…く」

「こら。煽《あお》らない」

「あ…ぁう、ん……柊さ……もっと、奥に…っ」

「わかってるけど、急がずにね。きみが嫌っていうくらい、愛してあげるから」

「嫌、なんて……言わ、な……あっあ……ああ」

挿入途中でも、彼は恒紀の膝裏から伸ばした手で乳嘴にちょっかいをかけている。耳裏近辺にも唇を這わせ、歯形やキスマークを残してもいた。

なにをされても快楽に繋《つな》がり、身体も脳も蕩けてしまうと本気で思う。

これが、愛する人とのセックスなのだと快感に溺《おぼ》れつつ感動に浸った。

耳朶《じだ》を甘嚙《あまが》みしながら、笑みまじりの石村に告げられる。

「全部、挿《はい》ったよ。自分で動く？」

「えっ…」

「きみの悦《い》いポイントに、僕を擦《こす》りつけるんだよ。できるかな？」

「っん……す、る…」

微かな羞恥心はあれど、恋人によろこんでほしい想いが勝った。

彼の手ほどきを受け、恒紀は必死に腰を揺らす。けれど、あと少しというところで、うまくいかない。

快楽スポットを熱棒が掠《かす》っても、なにかがもの足りなかった。

じれったさと情けなさで涙目になり、白旗を揚げる。

「柊さ…あぁ、ん……できな……無理…ぅ」

「初めてのわりに筋はよかったから、落ち込まなくていいのに」

「も、してっ……柊さんが……動いて…っ」

「わかったよ。どうせ泣くなら、よがり泣きじゃないとね」

「ふあ、うっ……ああ、っん…あ、あ、あああぁ」

穏和な語り口とは裏腹に、力強い腰つきの突き上げが始まった。緩急をつけたリズムにも翻弄《ほんろう》される。

浅部と深部の弱い箇所を、摒《せせ》られもした。かと思えば、屹立《きつりつ》が抜ける間際まで身体を抱え上げられ、また最奥を抉《えぐ》ってくる。

結合部も鏡に丸映しで、石村が出入りするのを目の当たりにして含羞《がんしゅう》を煽られた。

「ゃああ…ん、あふ……ああっ、あっ……ゃぅ」

「うん。いつ聞いても最高の喘《あえ》ぎ声だ」

「あっあ、いぃい……そこ……ぁ、ん、ん、っんあ」

「僕も、とても悦いよ。恒紀」

「あ……柊、さ…っんう」

間近で視線が交錯し、吐息を塞《ふさ》がれる。中にいる彼が、いっそう嵩を増す。下から穿《うが》つスピードと激しさへ、恒紀は徐々についていけなくなった。

理性も保っていられなくなり、泣き濡れる。

極めたいのに、幾度も焦《じ》らすといった意地悪もされた。そのつど、いかせてと懇願し、ようやく吐精できた。同時に、粘膜内へ熱い奔流が迸《ほとばし》る。

「っは、あ？　……あ、あぁあ…んんんっ」

なんとも言い難い感触に、恒紀が身悶《みもだ》えた。頭のどこかで、石村が射精したのだと悟る。それが、ひときわ脆弱《ぜいじゃく》な箇所へ狙《ねら》いすましたように叩きつけられたため、快感が甚《はなは》だしい。しかも、精液を塗り込める仕種で腰を送りつづけられて困った。

もう欲しくなってきた己にも、弱り切る。たぶん、彼がいつまでも体内にいるせいだと思い、逞《たくま》しい肩口にぐったりともたれて訴える。

「柊さん、もう……抜いて？」

「注ぎ終わるまで、待ってね」

「やぅ……だ、め……お願い。すぐ、にっ」

「ああ。もしかして、中出しが悦《よ》かったのかな？」

「……っ」

「ん？」

「…だ、って……柊さんが、いっぱい、かけるから…」

「だから、また僕を欲しそうな顔になってるんだ」

「っ……」

図星を指されて、恒紀は唇を嚙みしめた。性行為初体験の分際で、いくらなんでも乱れすぎたのではと不安になる。

いささか伏し目がちになり、小声で訊ねる。

「……初めてのセックスで、淫乱にもほどがあるって、呆《あき》れた？」

「全然。むしろ、身体の相性も抜群なんだなってわかって、うれしいよ。きみが僕だけに淫乱なのは、恋人ならではの特権だしね」

「柊さん」

もっと淫乱でかまわないと微笑まれ、恒紀も安堵で笑い返す。

戯れるキスを交わしていたら、石村がふと腰を引いた。後孔に力を入れるタイミングが遅れ、淫液が溢《あふ》れ出す。

「ぁ……」

「今度は、きみの顔を見ながら抱かせてくれるかい？」

「ん。でも、ベッドで…」

「ごめん。そこまでの余裕はないな」

「えっ……あぅ、んああっあ！」

ビーズクッションへ仰向けに寝かされた直後、再度、熱杭を埋めてこられた。その回復力たるや、驚異的だ。

両脚を彼の肩に担がれた体勢で、手は顔の両脇で指を絡めるように繋がれる。

注入ほやほやの石村液がローションの代替役を務め、スムーズに奥へと進んでいった。かわりに、押し出される精液が臀部を伝い落ちる感覚に動揺する。

クッションが汚れると気遣うも、抽挿はやまなかった。かえってエスカレートし、髪を振り乱して惑溺《わくでき》した。

初々しさと大胆さを兼ね備えた淫乱さこそが、恒紀の真骨頂だ。それがどれだけ石村を惹きつけてやまぬか、まだ気づかずにいた。

鎖骨を舐め齧《かじ》る彼が、情欲に掠れた声音で呟く。

「ベッドでは、あとで抱いてあげるよ」

「あっ……んんっ…あ、あっあ」

「時間はたっぷり、あるからね」

「っん……え？」

なんとも意味深な台詞に、恒紀が瞬《まばた》きを繰り返す。繋がれた石村の手の甲に爪《つめ》を軽く立てると、顔を上げた彼と眼差しが絡んだ。

一応、明日は平日で、互いに仕事と大学があると告げる。

「…少しは、眠らないと……だめ、だよ？」

「そうだね。きみは昼間、寝てるといい。僕は、仮眠で最低三日はいけるから」

「……は!?」

「ひさしぶりにできた恋人な上に、艶めかしいにもほどがある淫乱なきみが相手だから、我ながらがっついてて制御が効かないんだよ。悪いけど、僕の性欲が落ち着くまでは手放せない」

「そ……」

「この際だし、僕がどれだけ淫乱かも、きみに知ってほしいな」

「待って、柊さ…」

「愛してるよ。恒紀」

「おれも…って、あっふ……んあっ…」

「僕の手で、もっと大輪の淫乱な花を咲かせてあげる」

「あぁ……あっあ…ああああっ」

結局、週末までの五日間、恒紀は石村の部屋から一歩も外に出られなかった。

恋人による淫乱全開全力セックスの洗礼を受けたためである。予想以上の彼の淫乱さをこれでもかと味わわされた。けれど、恋人にはまだ余裕があった。

その比類なき淫乱ぶりに心底魅了され、恒紀はますます、メロメロになった。

第二章　淫乱ゆえ混乱

「ん……？」

「ああ。目が覚めたね。おはよう、恒紀」

「おはよ、柊さ……ぅん、あ…っ」

「うん。締めつけ方も、慎み深いのに貪欲《どんよく》でパーフェクトだ」

「あっあ、っは…」

覚醒《かくせい》するなり、恒紀は後孔内を石村の熱塊で攪拌《かくはん》されて喘いだ。

上体を倒して覆いかぶさってこられ、おはようのキスをされる。舌を絡めた熱烈な朝の挨拶《あいさつ》に、恍惚《こうこつ》となった。

どうやら、寝ている間に身体を繋がれていたらしい。もはや珍しいことではなく、共寝翌日は馴染《なじ》みの光景だった。

彼自身と合体中、フェラチオ中、舌と指でアヌスを愛撫中のどれかだ。

自分も一度は先に起きて、恋人へ淫らな戯れをしかけてみたい。しかし、前夜に精液ともども体力を根こそぎ絞り取られるので、叶わずにいた。

なにしろ、石村は偉大な淫乱であるのみならず、なんと絶倫でもあるのだ。それも、ただ回数をこなせるだけの単なる絶倫とは異なる。

ワンラウンドが最短で六十分、最長なら九十分、これを一晩中やれる傑物だ。

無論、毎回、相手を徹底的に快楽の虜《とりこ》にできる。

ここまで抜きん出た資質を兼ね備えた人物は、そうはいない。天は二物を与えずというものの、彼に限っては違った。さらに、優秀な性学博士で性格もよく、ルックスも整っているのだから完全無欠といえる。

年齢を重ねても、性欲は衰え知らずという超人的な存在だ。

石村より十三歳も年下の自分が、体力さえ足下に及ばない。性的技巧に至っては、推して知るべしだろう。

最近、恒紀はやっと己を含めた他者の淫乱さがわかるようになってきた。

両親もかなりハイクラスな淫乱で、意外に思った。街中を歩いていて、たまに目を瞠るレベルの人を見かけるが、数は少ない。

そんな中、やはり石村は圧倒的に類稀《たぐいまれ》な淫乱だった。

醸し出すエロスオーラも、まとうセクシーベールも圧巻だ。ほかの人とは、比較にならない。『恋愛機能不全非淫乱症候群』に罹《かか》っていたにしろ、彼のこんなに卓越した淫乱さに気づけなかった己が恥ずかしい。

昨夜も、覚えているだけで四回は抱かれた。そのあとは失神し、意識が戻っても理性を失っていた恒紀の記憶は曖昧《あいまい》だ。

とはいえ、週に一度の逢瀬《おうせ》とあり、恒紀も満更ではなかった。

「恒紀。両脚を僕の腰に巻きつけてみようか」

「んっ……ふ…あ、あ……こう？」

「そう。上手だね。じゃあ、きみも腰を振ってごらん」

「ああっ、ん……いぃ…んんん……ぁ」

「僕も、とても悦いよ」

自分のみが快感を得ているのではなく、彼も気持ちよくできているのなら本望だ。

石村と正式につきあい始めて、約三か月が経つ。平日は彼は仕事で多忙、恒紀は大学があって、電話かメールのやりとりだけだ。

従って、週末は毎週、金曜日の夜から恋人のマンションへ泊まりにきていた。

言わずもがな、両親は息子の変化に大喜びだ。恋人についても訊いてくるし、紹介しろとせっつかれる。

「恒ちゃん、お相手はどんな方《かた》なの？」

「どうって…」

「年上？　年下？　社会人なのかしら？　もしそうなら、ご職業は？」

「のぞみさんの疑問も当然だが、男性と女性、どちらなんだ。恒紀？」

「そうよね、真利さん。そこは重要な問題だわ。フェイク淫乱だった恒ちゃんのフェロモンバランスをこんなにも乱れさせて、四六時中淫乱フェスティバル状態にさせるなんて、きっと只者《ただもの》ではいらっしゃらないはずだもの」

「わたしも同意見だね。先方は非凡な淫乱と、お見受けする」

「ぜひ、知りたいわ。できれば、お会いしたいくらい！」

「……っ」

彼らの千里眼が恐ろしい。持ち物に盗聴器とかしかけられてはいまいなと、若干の疑いすら持つも、それなら相手はばれている。

鋭い洞察力と質問攻勢に怯《ひる》むが、詳しく話すのがどうにも照れくさい。

今までにない初の状況なせいだ。ゆえに、期待に満ちた四つの目から視線を背けるように俯《うつむ》いて、恒紀は呟く。

「……年上で、すごく優しい人だよ」

「ほかには?」

「淫乱具合はどうなんだ?」

「…いや。だから」

諸々《もろもろ》の情報はあとで必ず言うと説得し、なんとか乗り切った。

石村へも、恥ずかしいからまだ報告しないでと頼んでいる。子息との交際を恩師に隠すのは忍びないと苦笑しつつ、恒紀の意思を尊重してくれていた。

ちなみに、大学では恋人ができたと宣言したため、ナンパシャワータイムはなくなった。

ただし、淫乱神《ゴッド》たる石村の影響は大きかった。以前にもまして、華々しくも色香漂う妖艶《ようえん》さが加味されたため、ファン自体は増加傾向にある。

相変わらず淫乱王子と騒がれるけれど、煩わしさは減った。

吉川との先輩後輩関係がつつがないのも、よろこばしい。とにかく、石村と恋人になって以来、恒紀は幸せでラブラブな日々なのだ。

「っはあ、んん……あっあ…あ」

「うん。今日も性感度は良好だね」

「柊さん…が……巧い、からぁ、んう…」

「きみがマーベラスな淫乱なんだよ」

「あ…んふ、あっ……も、あああっ」

弱点を熱杭で執拗《しつよう》に捏《こ》ね回されて、嬌声がひっきりなしに出る。

促されもしないのに、淫乱用語がこぼれた。『悦い』『奥まで』『もっと』は、誰もが頻繁に用いる単語だ。恒紀もよく使う。

これらに加え、最近は平常時だと口にするのも憚られる言葉も言うとか。あとで聞かされて、眩暈を覚える。本能に立ち返った折の台詞にせよ、自身が口走ることにいまだ慣れなかった。

今回は理性を保つべく頑張ったが、朝からドライオーガズムに達してしまった。

以後も立てつづけに三度も抱かれ、気づけばバスルームにいた。石村と向かい合い、彼の腰を跨《また》いで座ってもたれる体勢で湯船に浸《つ》かっている。

広い肩口に埋めていた顔を、恒紀がゆっくりと上げる。

「…柊さん」

「気がついたね。寝顔も可愛い僕の淫乱天使くん」

「おれ、天使って柄じゃなくない？」

「僕にとっては、それ以外の何者でもないよ」

「というか……ねえ。まだ、挿ってるの？」

「嫌かな？」

「嫌じゃ、ないから……困るんだって」

「さすがは、僕の愛しい淫乱天使」

「柊さんてば！」

頼もしい胸板を拳で軽く叩いた。少し高い位置から睨《にら》むふりもすると、彼が不意に真顔になって告げる。

「僕も、常に恒紀と繋がっていたいんだけどね。本当は、今日の夕方に帰る寸前まで、いろいろ話しながら幾度となくセックスしたい。でも、それだと、きみを壊してしまうともわかってる」

「柊さん…」

「もう休ませてあげたい思いと、きみが欲しい気持ちが葛藤《かっとう》中なんだ。若干、後者が優勢ぎみかな。だから」

「…なに？」

「あと一度だけ、いいかい？」

「……っ」

額にキスし、愛おしげに囁かれて、胸がきゅんとした。自分を気遣う石村の優しさに、感激して双眸が潤む。その反面、彼に我慢させている現状が心苦しかった。

万能な淫乱たるもの、恋人に不自由をかけるなんてもってのほかだ。

直ちに、なにか対応策を考えなければならない。内心でそう決意し、恒紀は石村をも悩殺する淡い淫乱スマイルを湛えてうなずいた。

「うん。お風呂エッチ、おれ……けっこう好き」

「知ってるよ。こうやって、アヌス内にお湯が入ってくるのも」

「あっ…は、あああ…くぅう」

結合部に彼が指先を挿れてきた。わずかな隙間《すきま》から湯が流入してきて、湯面を波立たせて身をよじる。

「中で混じった僕の残滓《ざんし》ごと、お湯を掻き出されるのも、きみは大好きだよね」

「ぁ、ふ……んっ、んっ……好、き…」

「もう、こんなにとろっとろの淫乱フェイスになって。なんて愛くるしいんだ」

「うぅ…あ……柊さ…ぁ……前、も…して？」

石村の腹筋に、芯《しん》を持った己の性器をもぞもぞと擦りつけた。

さらなる甘い笑顔を浮かべた彼が、恒紀の耳朶を齧る勢いで囁く。

「そこは、自分でね。僕はきみのアヌスを満足させないと。お湯出しは、最後のお楽しみに取っておこうか」

「あぁ……ん！」

石村が後孔から指を退《ど》かせた。双丘が両手で強く摑まれ、覿面《てきめん》に快楽に弱い箇所を穿鑿《せんさく》される。

一昨日の夜以降、弄られどおしの粘膜は敏感になり果てていた。

そうと承知でも、彼は容赦ない抜き差しで恒紀を翻弄する。途切れかける意識を懸命に繋ぎ止め、恋人の情熱を受け止めた。

仕上げに、浴槽の縁に両脚をかけられ、アヌスに指を突っ込まれる。

「はっ、あ……あぁあ…んっん……んああ」

「きれいにしてあげるからね」

「柊、さ……あああっ」

「大好きだよ。恒紀」

鉤《かぎ》状に曲げられた指で、内部をこそげるようにされた。甲高い淫声を放ったのを最後に、恒紀は気を失った。

大学の講義が午後から休講になり、恒紀は自宅に帰った。ナンパシャワータイムがないのでデートもなく、まっすぐ帰宅できて快適だ。

ラフなルームウエアに着替え、寛《くつろ》ぐのもそこそこに自室で黙考する。

実はあれから、石村の全力淫乱性交渉に気絶せず応《こた》えられる方法を考えていた。真剣かつ深刻な課題だった。

淫乱初心者の自分と淫乱マイスターの彼では、淫乱格差がありすぎる。

いったいどうすればいいか悩むも、答えは見つからずにいた。

「……はあ」

今日も、目ぼしい案は思いつかない。盛大な溜め息をつき、なにか飲んで脳をリフレッシュさせようとリビングに下りていった。

タイミングよく、母が紅茶を淹《い》れている場面に出くわす。

「まあ、ちょうどよかった。恒ちゃんも、飲む？」

「じゃあ、もらおうかな」

「お砂糖はどうするの？」

「入れる」

「わかったわ。ティースプーン一杯よね」

「ありがとう」

「このくらい、なんでもないわ」

ダイニングテーブルでなく、リビングのローテーブルに紅茶が運ばれてきた。

母と並んでソファに座り、ティーカップに口をつける。ほのかに甘いそれを香りごと堪《たん》能《のう》していたときだ。

なにげなく見遣ったテレビで流れているＣＭに、恒紀が釘《くぎ》づけになる。

思わず、ソーサーが割れる勢いでカップを置いた。前のめりぎみにテレビ画面を睨みながら叫ぶ。

「これだ！」

「どうしたの、恒ちゃん？」

これって、どれなのと訝る母にテレビを指差す。折よく、一度ならず、つづけざまに件《くだん》のＣＭが流れたので説明する。

「おれ、この淫乱ジムに入会したい!!」

「まあ！『SEXUALUP《セクシャラップ》』に!?」

「うん。だって、見た？　今のビフォー、アフター。超すごかったよ！」

「それはそうよ。たしか、先月からだったかしら。恒ちゃんがお世話になってた石村先生が監修なさった、いろんなプログラムやコースが始まって、その効果がすごいって話題沸騰だもの」

「しゅ……石村先生が？」

「ええ。淫乱ジム業界でも、石村先生クラスの大物とのコラボは初めてだからでしょうね。大人気らしいわよ」

「ふうん。ていうか、母さん、なんで知ってるの？」

「少し前に、なにかの番組に出演してらした石村先生がおっしゃってたのを見たの」

「…なるほど」

淫乱ジムとは、主にビジュアル的な淫乱素養を磨く施設だ。

石村など性科学専門医及び、総合性心カウンセラーが医学的・心理学的・精神科学的アプローチを行うのに対し、淫乱アピール力《りょく》を鍛えることのみに特化している。

もちろん、巷《ちまた》には体力向上や健康維持のためのスポーツジムもあった。

言われてみれば、近頃、『SEXUALUP』のＣＭをやたらと見る気がした。けれど、興味がなかったし、淫乱ジムのＣＭは他社のものもあるので意識せずにいた。

石村監修と聞いて、恒紀は俄然《がぜん》、関心を抱く。脇に抛《ほう》りっぱなしのスマートフォンを手に取り、いそいそと『SEXUALUP』のサイトをチェックする。そこには、さらに細分化された詳細な項目が書かれている。

いくつか例を挙げると、

❤濃厚でエロティックなキスを実現！
　舌使いトレーニング＆魅惑のぽってりリップ演出コース
❤誰もが、しゃぶりつきたくなるような乳首をつくりませんか？
　眩惑《げんわく》のファンタスティックチクビ育成コース
❤パートナーの視線とハートを鷲《わし》摑み!!
　キュッと上がったグラマラス＆ダイナマイトプリケツコース
❤喘ぎ、喘がせ、よがり、よがらせるには体力勝負！
　ワンダフル性獣タフネスボディづくりコース

といった、充実しまくりの淫乱養成ラインナップだ。すべてに『性学博士・石村柊監修』とあり、石村のコメントも入っている。

変わり種だと、カップル参加型の

❤しても、されても超キモチイイ！

幸福絶頂、恍惚ディープスロート実習コース

❤一度体験したら、ふたりそろってアヌスの虜！

悶絶《もんぜつ》失神必至、官能的な肛門性交実践コース

なども人気だとか。

プログラム以外では、『SEXUALUP』オリジナルトレーニングマシンが大評判らしい。魅力的なヒップラインとヒップアップが期待できるという。その名も『ヒップセクシャルＭＡＸ《マックス》』だ。こちらも、世界的運動性理学者の意見を取り入れて開発した、ここでしか販売していない特別製だそうだ。

両手足を床につけ、右手と左脚を水平に上げて静止体勢を取る。逆の手足で同じ姿勢を何セットか繰り返す。または、スクワットをするのは、慣れない者にはきつい。正しいやり方で、きちんとできているかもわからない。

そこで『ヒップセクシャルＭＡＸ』が役立つ。初心者向けに電動アシストシステムが

ついていて、負荷も自由に調節可能だ。スクワットの場合、腰と太腿《ふともも》を固定するベルトつきの可動式器具が備わっている。

しかも、立った状態でのスクワットから、四つん這いでのトレーニング用へ形状が変えられる。

最大の売りは、この可変型の優れた利点といってもいいらしかった。

さきほどのＣＭで恒紀が見た使用前後の例はこれで、変化は劇的だった。まさしく、ふるいつきたくなるくらいの淫乱ヒップといえた。努力次第で、ウエストのくびれも実現可能だとか。

内容を知れば知るほど、自分が求めていたものだと確信する。

淫乱も修練できて、体力もつけられて一石二鳥だろう。

一応、他の淫乱ジムのサイトもリサーチしたが、やはり『SEXUALUP』の内容が最もよかった。経営母体も、しっかりしたところで安心だ。

ひとまずスマートフォンを置いた恒紀が、固い決意のもと、告げる。

「明日にでも、入会してくる」

「恒ちゃんてば、それ以上、色気炸裂の淫乱になるつもり？」

「おれなんて……恋人に比べたら、全然なんだ」

「あなたの恋人って、そんなに淫乱なの？」

「うん。おれ、あんなに淫乱な人、ほかに知らないもん」

「私は、真利さんを上回る淫乱な方を見たことないけれど」

「おれも、おれが知ってる人の中で父さんを凌《しの》ぐのは、あの人だけだと思うよ」

「まあ…」

息子の恋人に対し、さらに好奇心を持ったとみえる。母がなにか言うよりも一瞬早く、恒紀がつづける。

「とにかく、今のままじゃ、だめなんだ。淫乱と体力を、もっともっと底上げしなきゃ。だから、飽きられないように内緒でやる」

「その方を、とても愛してるのね」

「うん。ほかの人は、もう考えられない」

「…そう。あの恒ちゃんが、愛する人のためなら、さらなる淫乱の高みを目指したいだなんて、素晴らしいわ。感動で泣けてきちゃう」

「母さん」

「あなたも、すっかり一人前の立派な淫乱になったわね」

「ううん。まだ淫乱デビューしたての、ひよっこだよ。父さんと母さんに、教わることも多いし。遅咲きな分、頑張るよ。おれ」

「ええ。せいいっぱい応援するわ！」

「ありがと」

目尻《めじり》を拭った母親と、両手を握り合ってうなずいた。

そして翌日、恒紀は早速、大学帰りに『SEXUALUP』へ会員申し込みにいった。たくさんある中から、単身参加タイプで石村監修のコースを三種類厳選した。

舌使いトレーニング&魅惑のぽってりリップ演出コースと、眩惑のファンタスティックチクビ育成コース、ワンダフルタフネスボディメイクコースだ。

本当は、キュッと上がったグラマラス&ダイナマイトプリケツコースも取りたかった。

しかし、全クラスが満員で欠員待ちと言われてあきらめた。

やはり、あのCMによる効果が絶大で、一番人気らしかった。

かわりに、例の『ヒップセクシャルMAX』を購入する。

早々に自宅へ届いたマシンを自室に持ち込み、毎日ガンガン励んだ。息子に影響されたのか、母もそれにはまっている。

週三回のペースで淫乱ジム『SEXUALUP』へも、恒紀は張り切って通っていた。無論、石村には内密だ。結果を出して、驚かせたい。

「ハ～イ、ハ～イ、ハ～イ！　皆さぁん、ルック　アット　ミ～!!」

両手を叩きながら、堤《つつみ》というインストラクターが自らへと注目を促す。

黒いレオタードのウエストに巻いたネオンピンクのスカーフ、アフロヘアの茶色い髪へはネオンイエローのヘアバンドといった個性的なスタイルと、妙な片言英語及び語尾が特徴的な年齢不詳の男性だ。

「ではぁ、次にぃ、舌で上下のリップを舐めてみましょ～ん」

インストラクターは強烈だが、キスが上達したくて選択したコースは、なかなか有意義だった。

舌使いの複雑さや、己の唇の魅せ方等々、斬新で奥深い。たとえば、長さ三センチのヘアゴムを舌だけで結んだり、解いたりとの単純作業に案外、手こずった。太さが徐々に細くなっていくほど、舌が攣《つ》りそうになる。

しかも、石村の治療で受けた必要最低限な実践と違い、アピール力も問われるのが厄介だ。どの程度できたら正解かの基準も、わかりにくかった。

今、やり始めた課題が、まさにその部類に入る。

「ミスタ・長野ぉ。ちぃょ～と違いますぅ。ワン　モア　プリ～ズ？」

「ええと……こうですか？」

手本どおりにするも、立てた右手の人差し指を振りつつ舌を鳴らされた。

「ノー！　ノー！　ノー！」

近づいてきた堤が、頬同士がくっつきそうな距離まで顔を寄せてきて、再度模範を示してくれる。

「このとき、クローズ　ユア　リップはノーね。軽く開いたまま、スロ～なテンポで、相手の目をアンニュイな眼差しで見ながら、舐め回すのがポイント」

「はい」

「なるべくなら、顎《あご》もアップしてぇ。目は伏し目がち～」

「わかりました」

「上唇からぁ、時計回りがベースでぇす」

「左の口角が舌のスタート地点ということですね」

「ザッツ　ライト！　ここのあたりね～」

最後は、わざわざ指先で恒紀の唇をなぞってくる。

全面鏡張りの一室で、鏡に自分の姿を映してのトレーニングだ。十五階建ての商業ビルの二階から四階の三フロアを占める広い施設なので、ほかにも専用のトレーニングルームがいくつもある。

インストラクターは男女半々だ。淫乱ジムに勤めるだけあって、堤も含め全員それなりに容姿も体型も整っていて淫乱だが、石村に敵《かな》う人はいない。

石村どころか、恒紀にすら及ばないのが実情だ。ゆえに、他の会員よりも少々、恒紀への指導に熱が入るインストラクターが多い。ただし、恒紀本人は親切で助かるとしか捉えていなかった。

「長野さん。左乳首の勃ち方が、少し甘いみたいね」

「すみません。すぐに勃たせます」

「いゃん、乱暴にしちゃだめよぅ。ちょっといいかしらん？」

「え？　は、はい…」

「こんなふうにね、優しく掻いて摘《つま》むといいのよ」

「なるほど。参考にさせていただきます。あと、自宅でも『ビーチクつまみんDX《デラックス》』をはめて精進します」

「んま！　じゃあね、次回は、それを持ち込んできてくれる？　挟み方が正しいかどうか、アタシが確認してあげるわ」

「そうですよね。お願いします」

「こちらこそ？」

右に比べて反応が鈍い左胸あたりを見下ろして、恒紀が答える。

『ビーチクつまみんＤＸ』とは、乳首を挟んで強制的に勃たせる器具だ。一見、痛そうだが、シリコン製なので痛くない。

人間の親指と人差し指がモチーフになっているユニークなデザインのピンだ。もうひとつ、リップ型のものもある。想像力が逞しくなるくらい、男女各々の指と唇が精巧に再現されていた。このコース受講者に無料で配られたアイテムだった。

チクビ育成コースのインストラクターは、いわゆるマッチョな男性で福井《ふくい》という。女性的な言葉遣いとのギャップたるや、凄《すさ》まじい。逆三角形のはち切れんばかりの肉の鎧《よろい》を、小さめの白いタンクトップとグレーの短パンに押し込めているから余計だ。

恒紀の返答で、その福井の鼻が一瞬、膨らんだのは見逃す。

こちらのコースではボトムスは自由だが、トップスは薄手のＴシャツと決まっていた。当然、素肌に直接着なければならない。乳嘴の勃ち具合を、確かめる必要があるからだ。トレーニング中、福井の両乳首が常に勃ちっぱなしなのは恐れ入る。さすがは、インストラクターなだけはあると感心する。

よって、Ｔシャツの上から触れられても別段、気にしていなかった。

多々あることだからだ。テニスのコーチが、生徒の手ごとラケットを握って素振りを教えるような認識だった。

恒紀の肉体も、石村以外の接触には鎮まり返っている。その恋人にも、右が感じやすいと言われている分、左を鍛えなくてはと意気込んだ。

よもや、インストラクターが自分を見て、悉《ことごと》く興奮しまくりとは想像もしない。首筋にかかる荒い鼻息はエアコン、腰付近に時折当たる硬い物体は手を添えられているだけ、押しつけられる巨乳は偶然と思う無頓着《むとんちゃく》さだ。

石村一筋の恒紀は彼らの下心など眼中になく、トレーニングに勤《いそ》しんでいた。他の会員にガン見されるのも、慣れっこだ。

多少は煩わしいが、今は目標達成が大切で、ほかはどうでもよかった。

そうして、『SEXUALUP』に通い始めて、二週間が過ぎた頃だ。今日は、タフネスボディづくりコースで汗を流す。

通常のスポーツジムでの筋力トレーニングとは、メニューが異なった。

さすがは淫乱ジムというか、性科学専門医の石村監修と脱帽する。

すべて、セックスで使われる特殊な筋肉を中心に鍛える内容だ。持久力や身体の柔軟性アップも狙いとみえる。

従って、取る姿勢が微妙なものがほとんどといっていい。

基本的に、薄くやわらかい素材のマット上で運動を行う。

例を挙げると、仰向けになり、開いた両脚の膝頭を自身の肩へつける。うつ伏せで腰を突き出して両脚を開き、内股に直径三十センチのゴムボールを挟む。立った状態で、前後左右に腰を振るなどの体勢を三十秒、十回、二十セット、とかだ。

これら以外にも、アクロバティックな格好もあった。けっこう大変ながら、筋力と体力がつきそうではある。

「ほら、長野さん。ボールが落ちてきていますよ。内腿に力を入れて」

「はいっ」

「同時に、肛門括約筋もきつく締める。できましたか？」

「…なんとか」

「彼女でも彼でもいいけど、お尻になにか挿れられたときを妄想して」

「……先生、具体的すぎてちょっと…」

「あら、失礼。前言撤回します。それじゃ、もうワンセットいきましょう」

まるで合図のように、恒紀の尻を女性インストラクターの塩崎《しおざき》が軽く叩いた。なんとなく揉まれた感がなきにしもあらずながら、たまただと気にしない。

塩崎は、多くの女子が夢見るボン・キュッ・ボンのエロスボディを具現化したような人だ。歩くたびに揺れる胸とヒップは、もはや凶器になりそうなサイズですごい。

女性らしい体型とは逆に、性格はわりとサバサバしている。だからか、エロい内容を指示されても、下品に聞こえなかった。

二時間のトレーニングを終えて、ロッカールームに向かう。心地よい疲労感の中、恒紀が不意に立ち止まった。

「水泳か」

目線の先には、屋内プールがあった。水着姿の女性ばかりが胸元まで浸かり、和やかにレクチャーを受ける様子に、なんのコースだろうと首をひねる。

これまで偶然、時間が被《かぶ》らなかったプログラムと察する。

室内の入口に貼《は》り出された内容を見ると、

❤可愛い我が子を生まれながらの淫乱にしませんか？
淫乱胎教にも抜群！　エロエロ妊婦養成コース
❤妊娠中もパートナーは大満足!!
身重でも身悶え確実！　マタニティセックスコース

という記載があり、そういう講座もあるのかと感嘆した。まさに、痒《かゆ》いところに手が届く、至れり尽くせりの営業手腕だ。

この監修は石村ではなく、産婦人科医らしい。そちらは彼の専門外だと納得しかけて、ふと気づいた。

「！」

石村の超絶に優秀な淫乱遺伝子を、後世へ引き継がずにいいのかという事実だ。

なぜ、今まで思考が及ばなかったのかが、むしろ不思議だ。いったん思案し始めたら、頭から離れなくなった。

なにしろ、高度な淫乱性と絶倫なる精力を併せ持つ貴重な存在といっていい人だ。性科学の世界的権威でもある。

あらためて考えると、彼の子孫を残さないことは多大なる社会的損失に思えた。

相手が、ごく普通の男性ならば、こうは迷わない。地球規模で至宝級な淫乱の石村だからこその懊悩《おうのう》だ。

その偉大なる血統を残す手助けをし、社会に貢献するのが本来の恒紀の務めなのではないか。卵子のみならず、精子も老いる研究結果が出ている以上、彼には一刻も早い異性との結婚と子づくりが望まれる。

自分と悠長につきあっている時間など、ないのだ。石村のセクシュアリティはバイセクシュアルなので、女性も愛せる。

いかにも、きまじめな性格の恒紀らしい理論展開といえる。けれど、それだと、せっかく想いが通じたばかりの恋人と別れなくてはならなかった。

生まれて初めて慕い、実った恋なのにだ。

「嫌だよ…」

小声で呟くも、己が石村の子を産めない現実が重くのしかかった。

気づいてしまった重大な事実に、愕然とした。目の前が真っ暗になり、実際、足下がふらついて壁に寄りかかる。

運動後で紅潮ぎみだった頬から、血の気が引いていた。

どんなに頑張ろうと、淫乱と体力は鍛錬できても、身ごもれる女体《にょたい》にはなれない。視界に入る妊婦らを羨望《せんぼう》の目つきで見つめつつ、絶望感に打ちのめされた。

かといって、女性になりたいわけでもなかった。生まれ持った性のままの自分で、石村のことが大好きなのだ。けれど、今の自分では、彼に子供をつくってあげられないのは確定的で胸が痛い。

虚《むな》しくも、やるせない葛藤で、恒紀はへこんだ。

「……おれじゃ、だめなんだ」

以来、誰にも相談できずに苦しんだ。社会的な責任を考えれば、石村との別離が相当な判断とわかる。わかるが、別れたくない想いが強く、心は揺れに揺れた。

出産系のデリケートな問題とあり、母にも話せない。

恒紀しか子供は望めないと知った際、彼女も父に対してこんな気持ちでいたのだろうかと推察した。

まさか男の身で、母子二代、似たような苦悩を抱えるなんてと嘆息する。

恋人の情報を告げていない関係上、父へも言えなかった。無論、当人たる石村へは、淫乱ジム通いもあって無理だ。

ちなみに、『SEXUALUP』で得た淫乱ヴィジュアル知識も、実行できずにいる。

相手が監修者本人ゆえに、やった途端にばれかねず、いまだ秘匿《ひとく》中だ。

皮肉なことに、この懊悩と憂いにより、恒紀の淫乱と美貌《びぼう》に深みが増した。

石村がそれに気づかぬはずもなく、感慨深げに褒めてくれる。

「会うたびに、恒紀はきれいになっていくね」

「…柊さんのほうこそ、眩暈がするほど淫乱だし」

「きみの気品溢れる淫乱さには、敵わないよ」

「でも、おれは……っ」

「ん？」

危うく漏れかけた本音を、恒紀はどうにか呑み込んだ。もし知られると、せっかくの逢瀬が台無しになる。

だいいち、自分の中ですら、まだ決着がついていない話だ。ただでさえ忙しい彼に、いらぬ気遣いをさせたくもない。

所作や雰囲気にとどまらず、いかなる場合も愛する人を慮《おもんぱか》れる淫乱でありたかった。

「…ううん。惚気《のろけ》合っちゃって、なんだかねって呆れちゃって」

「たしかにね。でも、僕の恋人が、神がかり的な淫乱なのが悪いんじゃないかな」

「おれだけのせいなの？」

「じゃあ、お互いさまで」

「神々しい淫乱は、絶対に柊さんだと思うけど」

「知らぬは本人ばかりなりだね」

「違っ……んう…ぁ」

甘い言葉に違《たが》わず、石村は恒紀への愛おしさを隠さなかった。

愛情を爆発させた彼のセックスは優しくも激しく、いつにもまして可愛がられる。うれしいはずなのに、せつなくて、違う意味でも泣き濡れた。

石村の愛は疑いようがない。自分も、彼だけを愛している。それでも、一度生まれた不安は拭えず、徐々に大きくなっていった。

そんなある日、ついに恐れていたことが起こる。

「え。しゅ……石村先生が、お見合い？」

「そこまではいかないな。女性と会うようセッティングしたにすぎないよ」

「…ふうん」

「石村くんも、もう身を固めていい年齢だからね」

「……三十四歳、だっけ」

「ああ。わたしとしては、結婚式の招待状がくる朗報を待ちたいが」

仕事から帰ってきた父親が、夕餉の席で上機嫌に述べた。母親も承知どころか、言い出したのも、乗り気なのも彼女と聞いて驚く。

父に劣らぬ笑顔で、母がウキウキと話を継ぐ。

「私も、ぜひそうなってほしいわ。だって、ほら。石村先生には、恒ちゃんのことで並々ならぬお世話になったでしょう？」

「まあ。うん…」

「だからね、なにかご恩返しがしたいって、ずっと思っていたの」

「…そっか」

「今回、それが叶ってうれしいわ」

親としては、当たり前の理屈で反論の余地もなかった。

恒紀が見違えるほど治った分、感謝の念も強いのだろう。

「お相手のお嬢さんも、とっても美人で淫乱で、いい方なのよ」

「写真を見たが、同じ年の頃の、のぞみさんのほうが数倍美しくて淫乱だったよ。もちろん、今も、きみはちっとも変わらないがね」

「まあ、真利さんたら」

「事実しか言ってないよ」

「あなたも、出会った当時のままに素敵だわ。私、今も毎日、真利さんに毎日ドキドキするもの」

「わたしもさ」

しばらく、いちゃついて気がすんだのか、脱線モードの話題がもとに戻った。母が父へ、石村と女性が会う日取りを訊ねる。

「それで、お約束はいつになったの？」

「来週の水曜日、午後五時半にクラウンホテルのラウンジで落ち合う予定だよ」

「あら。週末じゃなくて？」

「彼のクリニックは、その日が午後から休診になるからね。それ以外の仕事を週末にやっているような話だったし、かえって都合がいいんじゃないのかな」

「お忙しい方だものね」

石村の仕事状況をよく知る身では、気が気ではない。そんな恒紀を後目《しりめ》に、肝心な女性のことに本題が移った。

「染谷《そめや》千鶴《ちづる》さんとおっしゃるんだけれど、つい半年前までは札木《さつき》商事にお勤めしていたんですって」

「ほう。けっこうな才色兼備だね」

「ええ。千鶴さんのお母さまのお話だと、縁談もいくつもきているらしいわ」

「家柄的にも申し分ないお嬢さんとなれば、当然かな」

「そうなの。でも、あちらも石村先生ならって、歓迎してくださって」

「果報者だな、石村くんは」

どうやら、母の知人の娘らしい。母自身が資産家の出自なので、石村に紹介する染谷嬢も実業家の令嬢だそうだ。

都内の有名女子大学卒の二十六歳で、現在は仕事を辞めて花嫁修業中だとか。両親いわく、本格的な見合いのつもりはないらしかった。今はそういう時代でもないし、気軽な食事会のノリで彼らを引き会わせる気でいるようだ。

すでに、双方へ各々のプライベートな連絡先も伝えずみという。

一度会ってみて、互いが気に入ればよし。あとは、ふたりに任せる。もし、事が順調に運んだらめでたいし、なにもなくとも、母親の石村への謝意は充分に示せたので上々との判断だ。

「恒ちゃんも、おふたりがうまくいうようにお祈りしてね」

「…そうだね」

無邪気な母の願いに、つくり笑いでうなずいた。内心の動揺を必死に抑えて、砂を嚙む心地でなんとか食事を食べ切る。

食後、自室に行き、ひとりになると、恒紀は頰を歪《ゆが》めた。

ベッドに抛っていたスマートフォンが目に映る。咄嗟《とっさ》に、彼に電話をかけたい衝動に駆られたが、拳を握って耐えた。

妊娠不可能問題を思い出したせいだ。自分は石村の子孫を残せないとなれば、やはり、潔く身を引くべきか。彼の伴侶《はんりょ》は異性がいいのではないか。けれど、別れたくない等々、心が千々に乱れた。

心痛で張り裂けそうな胸を持て余す。どうすればいいか結論は出ず、気分を紛らわせたくて、そばにある『ヒップセクシャルＭＡＸ』に飛び乗った。

「柊さん……！」

石村の名前を呼びつつ、一心不乱にスクワットをする。マシンが壊れそうな勢いの負荷をかけて、四つん這いでやる運動もつづけた。

どうせならと、両方の乳首に『ビーチクつまみんＤＸ』もはめる。

自主トレに励むも、脳内は混乱ぎみで収拾がつかない状態だ。こんな状況のままでは、さすがに訝しがられると思い、今週末のお泊まりはキャンセルした。ゼミのレポート作成があってと嘘をつく。

つきあい出して以後、会わない週末は初めてになる。

とても残念がられて罪悪感に苛《さいな》まれたが、石村の淫乱は筋金入りだった。

「きみと来週末まで会えないなんて、寂しいな」

「…ごめんなさい」

「じゃあ、埋め合わせをしてくれるかい？」

「うん。なんでもするよ」

「だったら、恒紀。服を脱いで、全裸になってくれるかな」

「え？」

「そして、ペニスとアヌスを自分で弄って。電話は切らずに、淫乱に喘いで絶頂を極めるまでの可愛い声の一部始終を、僕に聞かせてね」

「そ……」

俗にいう、テレフォンセックスへの誘いである。言わずもがな、恒紀は経験がなかった。恥ずかしさに怯む傍ら、恋人の淫乱さにさすがと胸が躍る。なんでもすると快諾した手前、引くにも引けなかった。

「さあ。まずは、裸でベッドに乗ってごらん」

「柊さん…」

「僕も、きみを想いながら扱《しご》くよ」

「……っ」

そう言われてしまっては、抗えない。あとは、耳元で甘く囁かれるまま、彼の淫らな指示に従った。

胸の突起を挟んでいた『ビーチクつまみんＤＸ』を、慌てて外す。こんな器具よりも、石村の淫乱低音ボイスのほうが効いた。

　しかし、彼にされるのと自分がするのでは、やはり違う。指を三本、後孔へ挿れて喘ぐも、もの足りない。おそらく、五本どころか手首まで挿入したとしても、石村自身には劣る。だから、生理的に射精はできたが、身体の奥が疼いて不満が残った。

「あぁ、あ……んあああっ」

「いったみたいだね」

「んっ…ん、ああ……っふ……でも…ぉ」

「なんだい？」

「……柊さ…が……いい」

　先に思ったとおりの感想を、素直に告げた。その直後、彼が『最高の煽り文句だよ』と苦く笑う。どうやら、吐精したらしい。

　来週は二週間分、愛するからとの甘々な予告で通話は切れた。

　後始末をしながらも、腰の深部に燻《くすぶ》る熾火《おきび》が狂おしい。これを鎮められるのは、石村しかいない。彼に抱かれないと、きっとずっとこのままだ。

　心だけでなく、石村なしでは満足できない身体になっている。そうあらためて痛感し、恒紀の迷いはなおも深まった。

以降、恒紀は悩乱と欲求不満状態で日々を送った。周囲が中毒を起こしかねない淫乱フェロモンを撒《ま》き散らす始末だ。吉川に注意され、制御せねばと気を引き締めるものの、石村を想うと箍《たが》がゆるむ。

ド淫乱の塊になった恒紀へ、フラフラと引き寄せられる者が続出した。それを、吉川がお引き取り願うという繰り返しだった。

幾度か事情を訊かれたが、曖昧にごまかしていた。

そういう状況で、いよいよ見合い当日が訪れた。この間、石村と普通に連絡を取っていたが、染谷と会う云々に関しての話はされなかった。

もしかしたら、こちらが訊けば、答えてくれたのかもしれない。けれど、訊く勇気を持てず、黙っていられたことにも疑心暗鬼になった。

息子の事情など知らない母が、朝食の席で屈託なく言う。

「あのね。今日、石村先生と千鶴さんがお会いする日なんだけど、恒ちゃんも大学の帰りにクラウンホテルへ寄る？」

「え……」

「退院して以来、一度も顔を合わせてないでしょう。ひさしぶりに、石村先生へご挨拶に来たらどうかしら」

「…せっかくだけど、ごめん。午後の最後の講義が終わってから、『SEXUALUP』に行くつもりなんだよね」

「まあ。今日は淫乱ジムの日だったわね。うっかりしてたわ。そっちも大切だものね」

「うん…」

「いいわ。石村先生には、真利さんと私から重々、お礼を伝えておくから」

「お願いするよ」

恒紀の淫乱ジム通いを知る父も、微笑を湛えて肯んじた。

淫乱を極めたいとの姿勢に、母同様、協力を惜しまない構えなのだ。

しかし、当然ながら、講義へは少しも身が入らなかった。吉川との会話も上の空で、気づけば最終講義の終了を迎える。

講義室を出て校門に向かう途中、いい加減、吉川が焦れたらしい。今回は言い逃れは許さないと、強引に話を訊き出された。

「は？　恋人が見合い!?　なんで止めにいかないんだよ？」

「でも、おれは彼の素晴らしい淫乱ＤＮＡを残せないんです」

「おいおい。つきあって数か月で、もうそういう話になるかよ。というかさ、彼氏が子供ほしいって言ってるわけ？」

「…いえ。一言も」

「そのことについて、彼氏に相談は？」

「……してません、けど」

どこか呆れたような表情の吉川が突然、恒紀の頬を抓《つね》った。痛いと眉をひそめたのもかまわず、顔を近づけてきて『馬鹿か』と呟かれる。

「先輩。おれは真剣に…」

「おまえはな、ごちゃごちゃと考えすぎだ。物事は、特に恋愛は理屈じゃなくて、本能に従ったほうが上手くいくケースが多い。経験者の俺が保証する」

「そうでしょうか」

「だいたいな、誰もが羨《うらや》む淫乱ファンタジスタのくせに、もったいないだろ。しかも、彼氏のために淫乱ジムまで通っておいて」

「それは…」

「だから、単純に考えろ。いいか。彼氏が自分とは別の魅力的なやつと、自分には内緒で会うんだぞ。で、相手と意気投合して、食事だけではすまずに、そのままホテルに直行って流れになる」

「……っ」

「深い関係になったことはおまえには黙ってて、おまえの存在も向こうに知られてない。両方とつきあうのも悪くないんで、このまま二股《ふたまた》でいいかって…」

「嫌だ！」

吉川の臨場感溢れる話しぶりに、思わず叫んでしまった。

石村の過去の恋人たちへ、初めて嫉妬《しっと》も覚えた。かつて、彼に愛された人がいると想像するだけで胸が軋《きし》む。

我に返った恒紀の抓っていた頬を、吉川が宥めるように撫でた。そして、背中を押しながら、つけ加える。

「わかっただろう。今のが、おまえの本音だ」

「あ……」

「さっさと、止めにいけ。ついでに、子づくりの件も含めて全部、彼氏に話せよ」

「…はい。そうします」

「っと。その前に」

「え？」

突如、彼の頭部が眼前に迫ってきた。次いで、恒紀が着ているアイボリーのブイネックのサマーニットの襟元がずらされる。

わけがわらぬうちに、左側の鎖骨付近がちくりとした。

さすがに、なにをされたか判じて、吉川から身を離す。

「先輩っ」

「ここ十日あまり、俺の劣情を煽りまくった長野の淫乱ぶりに当てられつづけても耐え抜いた功労と、隙あらば寄ってきた虫の駆除、今のアドバイスに対する報酬ってことで。安いもんだろ」

「……おふざけが、すぎますよ」

悪戯《いたずら》っぽいウインクつきで、言われた。図星なだけに、怒るに怒れない。

彼がさりげなくガードしてくれたおかげで、助かったのも事実だ。肩をすくめて苦笑し、不問に付す。

「いろいろ大変かもしれないけど、まあ頑張れよ」

「ええ。本当にありがとうございました」

「礼を言われると、ちょっぴり心が痛むがな」

「先輩?」

意味不明の台詞に首をかしげる。しかし、行けと促されて会釈し、吉川のもとを去った。

見合い会場のホテルへ着くまで、恒紀はなおも思い乱れた。拾ったタクシーの車中、溜め息ばかりつく。

たとえ、愛する石村の血を引くといえど、ほかの女性が産んだ子供をわだかまりなく育てられる自信はない。どんなに心が狭いと詰《なじ》られてもだ。

こんな自分は、やはり彼にふさわしくないだろうか。吉川にけしかけられたとはいえ、出向かぬほうがいいのではなどと、迷い始めた頃、目的の場所が見えてきた。

こうなれば、もう開き直るしかあるまい。くよくよするより、自分の目で確かめて、すべてを詳《つまび》らかにすべきだ。

料金を払ってタクシーを降り、深呼吸する。

ホテルのドアマンに笑顔で出迎えられて、正面玄関を入った。

広いロビーを見回してすぐ、石村と染谷が両眼に飛び込んでくる。ふたりはラウンジで向かい合ってソファに座り、楽しげに談笑中だった。

彼は濃紺のスーツを粋に着こなし、彼女はパステルピンクのセットアップ姿だ。肩甲骨まである黒いロングヘアが清楚《せいそ》でたおやかな印象だ。けれど、かなりの淫乱フェロモンを発しているのが遠目にもわかり、強敵だと気を引き締める。

彼らの隣には、フォーマルな装いをした恒紀の両親もいた。

意を決し、恒紀は近くへ赴く。毛足の長い絨毯《じゅうたん》と心地よい音量で流れるＢＧＭが、足音を掻き消す。

ずいぶん、話が盛り上がっていた。石村と染谷の様子から、事前にかなり連絡を取り合っていたのではという疑惑が湧く。

恒紀の懸念を裏づけるように、父母が決定的な言葉を紡いだ。

「いやあ。約束の時間より早く来て、ふたりで話すほど気が合うとはよかった」

「そうよね。おふたり、とてもお似合いだわ」

「わたしたちは、かえって邪魔かな」

「早く、お若い方同士だけにして差し上げましょうか。真利さん」

「そうだね、のぞみさん」

「……っ」

こういう場でよく交わされる馴染みのものだ。微笑ましげに語る両親の会話が耳に入り、恒紀が息を呑んだ。

自分以外の誰かと親密そうな雰囲気でいる石村を目の当たりにし、ついに思考が飽和状態に達した。

社会貢献とか、石村の素敵淫乱&絶倫遺伝子を残す使命があるとか。もしくは、自分は子供を産めないから別れなくてはとか、でもやっぱり彼が好きだからあきらめたくない等々、頭の中はぐちゃぐちゃのまま、現場に乱入する。

半ば心の平静を失い、周囲が見えなくなっていた。

「あれ？」

当然だが、石村が不思議そうな表情になった。女性と会っているところに踏み込まれたのに、落ち着いている彼が憎らしい。

淫乱格差に加え、恋愛経験格差も如実に感じられて悲しかった。

平然とした石村のそばへ、両親と染谷を後目に恒紀が詰め寄る。そこへ、母親が訝しげに小首をかしげる。

「あら、恒ちゃん。『SEXUALUP』に行ったんじゃなかったの？」

「…ご子息は、淫乱ジムに通っているんですか？」

「そうなんですのよ。この子ったら、石村先生監修のコースばかり取ってますの。『ヒップセクシャルＭＡＸ』も買い込んで、淫乱磨きに励む日々ですわ」

「ほほう…」

「週に三回も通う熱の入れようで」

「……それはモチベーションが高いですね」

「現時点における自分の淫乱さには満足せず、上を目指す向上心がある子ですのよ」

端整な眉を片方上げて訊ねた彼へ、母がいささか胸を張って報告する。

秘密がばれたと少々慌てたが、今はそれどころではなかった。席を自分へ譲ろうとしてか立ち上がった石村に、恒紀は人目も憚らずに抱きつく。

「恒紀？」

「恒ちゃん⁉」

「……恒紀くん？」

さすがに、両親が焦った声を出した。隙をつかれた形の石村も驚いたらしく、瞬時、棒立ちになる。

さしもの恒紀も、染谷のほうへ視線は向けられない。それでも、石村を絶対に譲れないとの固い決意とともに、彼の胸元に片頬を埋めて一世一代の告白をする。

「おれは、柊さんが好き。大好き。これからもずっと、あなたしか愛せない。一生懸命、柊さん好みの淫乱になれるよう生涯、努力しつづけるよ」

「…熱烈な告白を、どうもありがとう」

「もう、おれにはあなただけなんだ。だから、別れるなんて無理だよ」

「別れる？」

「ねえ、お願い。おれにできることなら、なんだってするから。ほかの人と結婚なんかし

ないで！」

「するわけないよ」

「……えっ」

決死の哀願にさくっと即答されて、恒紀が一瞬、放心した。おもむろに顔を上げ、腰を両腕で抱き返してくれた石村を見つめる。

目線が合った直後、不可解そうに彼が問う。

「僕も、きみ以外は眼中にないけど、どういうことだい？」

「どうって……柊さん、お見合いなんでしょ？」

「いや？　僕と染谷さんに、そんなつもりはないから」

「は⁉」

「いわば、食事つき出張診断という感じかな」

「はあ…」

あっさり見合いではないと否定され、恒紀が唖然《あぜん》となる。息子が乱心したかと気を揉んでいたらしい母親も、石村の台詞に双眸を瞠った。

なぜか、父親は苦い笑いを湛えている。両親の対応差に疑問を持った刹那、やわらかな声が割って入った。

「そちらが、石村先生ご自慢の恋人ですのね」

「そうなんです。ご納得いただけましたか」

「はい。えも言われぬ極上淫乱フェロモンをお持ちで、先生ほどの方が夢中になるのもわかる気がいたします」

「おっしゃるとおり、すっかり骨抜きですよ」

「恋人が、こんなにも扇情的でいて、しっとり系の淫乱では仕方ありませんわ。それに、先生のお相手ならば、こうでなくてはどなたも承服しないでしょうし。淫乱の双璧《そうへき》をなすご両人を間近に拝見できるとは、まさに眼福の極みです」

感心しきりで双眸を細めたのは、例の染谷だ。おそるおそる彼女を見遣った恒紀にも、好意的な笑みが返る。

突然の無礼な言動に呆れたり、憤慨した様相は微塵《みじん》も見受けられなかった。

わけがわからず困惑する自分をよそに、母親が直球で訊ねる。

「この状況って、いったい、どういうことなんでしょう？」

「ああ。これは失礼。実は、奥さまには面目ないのですが…」

母の疑問に答えて、石村が恭しく説明を始める。

彼いわく、恒紀の父親から今回の話を持ちかけられた際、恋人がいるからと即行で辞退したらしい。無論、恒紀の名前は伏せてだ。

しかし、超愛妻家の父は妻を慮った。結局、一計を案じ、断ってかまわないので、先方と会うだけ会ってほしいと頼んだ。

それでいいのならと、石村も恩師の依頼を引き受けた。

染谷へも、父親が事情を話した。そののち、今日の逢瀬場所や日時を相談するため、ふたりで連絡を取り合ったとか。

「そこで、染谷さんにも彼氏がおいでだとわかったんです」

「ええ。まさか、あの有名な石村先生がお見合い相手だなんて、びっくりしました。でも、先生にも心に決めた方がいると伺って。図々《ずうずう》しくも、恋人との淫乱診断をしていただけるチャンスかと思って」

「参考になっていればいいんですが」

「ものすごくなりました。本当にありがとうございます」

「それはよかった」

「本来なら、石村先生のクリニックは一年先まで予約でいっぱいなんですもの。彼とも行きたいと、ずっと言っていたから、今回はラッキーでした」

そういう経緯があり、紹介者の長野夫妻が来る時間よりも早めにホテルを訪れた。そして、石村は淫乱相談を行ったという。

変則的ではあるが、通常、クライアントを診る感覚だ。

診察後、互いの恋人を惚気合ったりで打ち解け、親密そうに映ったとみえる。

「まあ、そのような事情があったのに、私ったら申し訳ありません」

「いいえ。どうか、お気になさらず」

「そうですわ。もとはと言えば、離婚歴のあるわたくしの彼を快く思わない、うちの母親が勝手にこの縁談を受けてしまったのがいけないんです。長野先生ご夫妻をはじめ、石村先生、石村先生の恋人の方にも、ご迷惑をおかけしてすみませんでした。…とはいえ、とても奥さま想いの旦那《だんな》さまで、お幸せですね」

「…はい♡」

石村と染谷の返答に、母親が面映げにうなずいて父親を見た。『黙っていてすまなかった』と詫《わ》びた父に、母が頬を染めてかぶりを振る。

おそらく、いつも自分を気遣い、優しく見守る夫の愛を痛感したに違いない。

ここに至り、染谷が淫乱診断結果を早く恋人に知らせたいと帰っていった。心なしか、弾むような足取りだ。両親や、石村と恒紀に触発されたらしい。

彼女の後ろ姿を見送りつつ、父母みたいなカップルになれたらと初めて思った。そんな恒紀へ、不意に母親の目が向く。父親の追及めいた視線も突き刺さった。

何事だと不審がると、母が少々拗《す》ねた口調で石村との件を指摘してきた。今度はこちらかと怯む間もなく、たたみかけてくる。

「恒ちゃんたら、石村先生が恋人だったの？」

「う、うん」

「なんで、もっと早く教えてくれなかったのよ」

「ごめん。その……なんて言うか…」

「そうだぞ、恒紀。石村くんも、わたしときみの仲で水くさいじゃないか」

「そうですわ、石村先生」

「……すみません、長野先生。奥さま」

抱きしめていた恒紀を離し、石村が深々と頭を下げた。いっさい言い訳をせぬ潔い姿に惚《ほ》れ直す。いや。うっとりしている場合ではなかった。

うろたえた恒紀が彼の謝罪をやめさせながら、釈明する。

「違うよ、父さん。母さん。柊さんを責めないで。恥ずかしいから、父さんたちにはまだ言わないでって、おれが頼んだんだよ。彼は、『恩師のご子息とつきあう以上、きちんとご挨拶に伺いたい』って言ってたし。それを、おれが無理に止めてたの！」

「いいえ。すべては年上の私の責任です。恒紀くんを説得できなかった私が至らなかったにすぎません。どうか、彼を叱《しか》らないでください」

「柊さんは全然、悪くないよ。おれが…っ」

「いいえ。私が…」

「ううん。おれのわがままが…」

互いに庇《かば》い合っていると、両親がそろって肩をすくめた。どこか笑いを噛み殺したような表情で各々が述べる。

「恒紀なら、口止めはありえるな」

「ええ。恒ちゃんは無類の淫乱だけど、恥ずかしがり屋さんだものね」

「だが、石村くんが恋人ゆえの、近頃の触れなば落ちん風情な淫乱っぷりは合点がいく」

「恒ちゃんの恋人が只者じゃないっていう予測も当たっていたわ」

「うむ。性学博士で日本屈指の総合性心カウンセラー、かつ性科学界きっての若手のホープだよ。淫乱のスペシャリストが相手じゃあ、当然だね」

「まるで、真利さんと私みたいな組み合わせよ」

「たしかに」

どうやら、ぼやくふりで祝福してくれていると判じた。

石村と顔を見合わせて、恒紀が安堵の笑顔になる。すると、再び姿勢を正した彼が真剣な面持ちで両親を見て口を開く。

「長野先生、奥さま……いえ。今はあえて、恒紀くんのお父さんとお母さんと呼ばせてください」

「柊さん？」

「このたびは、ご挨拶とご報告が遅れてしまい、誠に申し訳ありません。あらためて申し上げると同時に、お願いがございます」

「なんだね、石村くん」

「はい。ご子息との結婚を前提とした交際を、許していただけますか？」

「⁉」

予想を超えた台詞に、恒紀が口元を両手で覆う。しかも、石村の希望では、一年後くらいには責任を取りたい。つまり、大学院へ進んだ恒紀と学生結婚でいいから、籍を入れさせてほしいともつけ加えられた。

まさしく、求婚である。予期せぬ出来事に驚愕し、絶句中の恒紀をよそに、父が笑みまじりに再び訊く。

「うちの息子を、今よりも淫乱にできると誓えるかね？」

「僕の性科学者生命を賭《か》けて、究極の淫乱にすると誓います」

「まあ！　最高にロマンティックなプロポーズだわ。それに、石村先生なら、恒ちゃんを安心してお任せできるもの。ね、真利さん」

「のぞみさんの言うとおりだ。石村くん以上に、恒紀の一生を委ねるにふさわしい人間はいないな。息子をよろしく」

「ありがとうございます」

石村と父親が、がっちりと握手を交わす。いまだ、状況についていけずにいる恒紀に、母が思い出したように胸の前で手を合わせた。

「あら。肝心な恒ちゃんの返事を聞いてなかったわ」

「おお！　そうだったな」

「では、お二方の前で失礼して…」

「待ちなさい、石村くん。正式なプロポーズは場所を変えて、ふたりきりでするといい」

「そうね。石村先生、ぜひ、そうなさってくださる？」

「今日は、このまま恒紀をきみの自宅に連れ帰ってくれたまえ」

「石村先生さえ、よろしければ、何泊させてもかまいませんので」

「お心遣い、大変、恐れ入ります」

恒紀は蚊帳《かや》の外で、事が決まってしまった。ホテルの玄関付近で、父母と別れる。

両親公認のもと、恒紀は石村のマンションにタクシーで向かった。すっかり通い慣れた部屋に入り、リビングのソファに座る。

スーツの上着を脱いでハンガーにかけ、彼も隣に腰かけた。

両肩をそっと持たれて上体をひねらされ、顔を覗《のぞ》き込んでこられる。

「恒紀。来春を目処《めど》に、僕と結婚してくれるかい？」

「…柊さん」

少しずつ実感が湧いてきて、胸が熱くなった。自分との将来を、まじめに考えてくれていたことに感激する。

即座に首肯しかけた恒紀に、急ブレーキがかかった。

真摯《しんし》な色を宿す石村の双眼を見つめ返しながら、頬を歪める。

「おれも、柊さんと結婚したいけど…」

「けど？」

「おれじゃ、あなたの優秀な淫乱絶倫ＤＮＡを残せない」

「……そういえば、さっき別れるとかなんとか言ってたのは…」

そのせいかと訊かれて、恒紀は小さくうなずいて項垂《うなだ》れた。

吉川の助言もあり、最近ひとりで苦悩しつづけた詳細を話す。すべてを聞き終えた彼が、諭すような表情を浮かべた。

「悩みすぎて、恒紀は重要な事実まで忘れてしまったのかな」

「え？」

「十年前、性修大学とアメリカの大学の共同研究チームが、ヒトの細胞から卵子の作製に成功したって、かなり話題になったんだけどね」

「あ！」

「もちろん、男女を問わない。つまり、恒紀の細胞から卵子がつくれる。だから、僕の精子と受精させれば、僕たちの遺伝子を継ぐ子供ができるよ。僕の卵子と、きみの精子でも可能だ」

「……っ」

それは、世界的なビッグニュースだった。この研究が実用化される日がくれば、人口減少を食い止める救世主になる。

倫理的な課題は現在、各国で調整中だという。なんにせよ、病気等で子供が望めない女性や、同性カップルには朗報だ。

ただ、十年前といえば、恒紀は十一歳である。石村や父と違い、まだ性科学分野の専門家でもないので、教科書で教わった程度しか知らない。大学の性科学部でなく、性命科学部で詳しく学ぶ分野だろう。

正直、まだまだ遠い未来の話だと思っていた。

おそらく、両親はこれを承知ゆえに、孫の心配もしていなかったのだ。

「一昨年、臨床試験段階に入ったから、少なくとも二、三年後には国の認可が下りる。実用化は近いよ」

「そうなの⁉」

「ああ。それまでの期間は、きみも院生だしね。ふたりきりの新婚生活も満喫したいし、子づくりはもう少し先でいいかな？」

「……うん♡」

「とにかく、大学院で概要は習うはずだよ」

「わかった」

先を見据えた計画的な石村に、感服する。視野が狭くなっていた自分が、なんとも恥ずかしかった。

冷静に思考すれば、取り越し苦労も取り乱したりもせずにすんだのにと省みる。

「そうだ。きみ、『SEXUALUP』に通ってるんだって？」

「う……まあ、ね」

「なんでまた淫乱ジムに？」

「えっと…」

なんだか微妙に不快げな気配を察知し、訝りつつ理由を言う。

最大の目的は、石村のセックスに気絶しないで最後までつきあえる体力をつけたかった。飽きられず、毎回、満足してもらえる性的技巧も身につけたいと思った。そう述べた途端、彼が苦笑を漏らす。

「…柊さん」

「僕が恒紀に飽きるなんてありえないし、その気持ちと努力はうれしいけどね。でも、他人の目に恋人の身体を晒《さら》したり、インストラクターに触られたりされたくないな」

「きみの淫乱磨きも体力づくりも、僕がつきっきりでやってあげるから」

「なんか、贅沢《ぜいたく》だね」

「僕は、わりと束縛するタイプなんだ」

淫乱ジム禁止令を出されたが、妬《や》かれているとわかる分、頬がゆるむ。

夢見心地で肯んじると、石村が再び求婚をやり直した。今度こそ、恒紀も会心の笑みを湛えて『YES』と答える。

「不束者《ふつつか》ですが、よろしくお願いします」

「こちらこそ、末永くよろしく頼むね」

「健やかなるときも、病めるときも、おれは柊さんのそばにいるよ」

「それプラス、ふたりで世界一、淫乱で幸せな家庭を築こう」

「うん!」

元気いっぱいの返事のあと、自分から彼に抱きついた。

自《おの》ずと、キスが始まる。唇を食み合うだけの戯れがくすぐったく、恒紀が目を瞑《つぶ》ったときだった。

突如、いささか尖った声を石村が出す。

「……これは、なにかな?」

「え!?」

咄嗟に意図が把握できず、開いた双眸で婚約者を見つめた。彼の長い人差し指が、鎖骨のあたりを撫でる。

なおも首をひねると、キスマークだよねとつづけられた。

ようやく、なんのことかわかって頰が引き攣る。吉川が報酬の名目でつけた、あれだ。

別れ際、『大変』だの『頑張れ』だの『礼を言われると心が痛む』だのの台詞のわけは、こういう展開を読んでいたのだろう。

吉川を恨めしく思いながらも、恒紀が素直に白状する。

「その……先輩がね」

「以前、僕も会ったあの青年かい？」

「…うん」

こうなるに至った顚末《てんまつ》を告げた。深い意味はない。悪ふざけの範囲と強調した。

しばし、無言でいた石村が、参ったと言いたげな溜め息をついた。

「淫乱ジム通いといい、僕以外の人の前でも、きみは無防備すぎるな」

「そうかな？」

「まったく、本気で閉じ込めてしまいたくなるよ」

「柊さん……って、わ！」

いきなり、横抱きにされて驚く。不安定な身を支えるべく、彼の首筋に両腕を回してしがみついた。

間近に迫った端整な顔が傾き、唇を塞がれる。

「んんっ…ぅ」

舌ごと引き抜かれそうなディープキスをされながら、バスルームに運ばれた。

嫉妬まじりの激しいくちづけで、恒紀はすでに腰砕け状態だ。脱衣の間もキスはつづき、浴室に移ったあとも、身体中を意味深な手つきで洗われてしまった。

「充分、挑発的な淫乱ヒップなのにね」

「んゃ……あ」

大きな手で臀部を揉みつつ、石村が囁いた。シャワーを浴びる中、壁を背に立つ彼に抱きすくめられた体勢だ。

逞しい胸元に片頬をつけ、喘ぐことしかできない。

リップとチクビのコースも取っていて、両方ともインストラクターに触られたと知った石村に、泣き出す寸前まで弄り回された。吉川の痕跡《こんせき》も入念に洗浄され、その上から新たな吸痕を刻まれる。

キスと乳嘴玩弄《がんろう》だけで、恒紀の性器は芯を持った。

考えてみたら、石村とつきあって以来、一週間以上もセックスしなかったのは初めてだ。電話越しのあれでは、不完全燃焼だった。

疼く肉情に抗えず、恒紀が自らの股間に両手を伸ばす。

「っは、あ……柊さ…ぁう」

「可愛いね。自分でするの？」

「ん……」

「じゃあ、ついでに僕のも一緒に扱いてくれる？」

こくりとうなずき、標準サイズを大幅に上回る石村ごと、ふたり分の性器を握った。しかし、どうにも彼を銜えたい衝動に駆られる。

舐めて、吸って、淫液を飲みたい。もしくは、顔にかけられたい。

そちらに意識が向いてしまい、なかなか極められずに困った。そんな恒紀の欲望を見透かしたのか、石村が笑う。

「フェラチオをしたいのかい？」

「ぁ……」

「すごく淫らで、心底もの欲しげな表情がそそられるよ」

「柊さ…だ……から、だもん…」

「わかってる。僕も同じだ」

「えっ」

欲情に濡れた双眼を細めた彼が、シャワーを止めて恒紀を抱き上げた。

腰を抱えられ、脱衣所でいったん下ろされる。バスタオルで簡単に水滴を拭ったのち、同様の格好で寝室に連れ込まれた。

キスしたまま、ベッドへ倒れる。しかし、気づけば身体の向きが逆方向になっていた。

つまり、目の前に石村の陰茎がそそり立っている。しかも、仰向けに寝た恋人を跨ぐ姿勢だ。必然的に、恒紀の恥部全域が彼の面前へ全開という状況である。

相互の性器を眼前にし、いささか羞恥心を覚えた。けれど、それもほんの最初だけだ。

フェラチオの誘惑には勝てず、石村を頰張る。

「っふ、んん……んむ」

「本能に支配された淫乱なきみも、魅力的だね」

「ん……お、っき…ぃ」

「大きいのが好き？」

「ううん……柊さ…のが……大好き…」

ストレートに答えた直後、なおも彼が嵩高になった。のどを開くようにし、懸命に奉仕する。無論、全部は入り切れないので、手も用いた。

「僕は、こっちを慈しもうか」

「んぁう…ん…ゃ」

「こらこら。逃げないで」

後孔をぬめる物体でつつかれて、身をよじった。

おそらく尖らせた舌とわかり、背筋を甘い痺れが駆けのぼる。恒紀はいまだ、そこをそうやってほぐすやり方が、ちょっぴりいたたまれなかった。肉体はとっくに慣れているのに、精神が恥じらいを捨て切れないのだ。

初々しいその嬌羞《きょうしゅう》ぶりが、石村のよろこびポイントとは知らない。

すぐに、指と唾液も参戦してきた。陰嚢を甘噛みしたり、会陰を舐めたり、粘膜内の脆弱箇所も嬲《なぶ》られ尽くす。

「は、んっ……んんっんぅ」

「僕だけのアヌスハートは……今は体勢的にアヌスピーチだけど、今日も最強に愛らしいね。ほら。もう三本も僕の指を受け入れてる」

「ん……い、ぃ……あっあ…あ」

「ただでさえ絶景だけど、腰をくねらせて、性器を僕の鳩尾付近に擦りつけてるきみは、実に濫《みだ》りがわしくていい」

「やん……気持ち、い…ぁあ……あ、あっ」

「ここと、その刺激でいけそうかな」

「あっ…あぅん、んっ……く、あぁ…あ」

「恒紀。お口が留守になってるよ？」

「だ、って……柊さ……ああ、あぁ…んっん」

石村の愛撫が悦《よ》すぎるとクレームをつけるはずが、嬌声にすり替わった。

宣告どおり、後孔への快楽で恒紀が果てたせいだ。それでも、世界一の淫乱になるのだからと、根性で愛しい人の性器を横銜えにする。

これなら彼の鼠蹊部《そけいぶ》に頬がつけて楽だし、両手も使える。

入院中に伝授されたものと、交際を機に教え込まれた技巧を駆使して頑張った。

「うん。本当に巧くなった」

「あっふ…ん」

「元々、ハイクオリティな淫乱の才能を持つ分、なんでも応用が効くんだね」

まだまだ淫乱になれるよと後孔にキスされる。将来の伴侶ながら、高名な性学博士に請け負われてうれしかった。

ほどなく、なんとか石村も射精させることが叶う。

全部飲み干せずに精液をこぼしてしまい、無念がる。ならばと、性器についた残滓をきれいにしようとしたら、彼の下半身がずれて視界から消えた。

「あ……まだ、舐めてな…」

「あとで、いくらでも。先に、挿れさせてくれるかな」

「え？」

「僕も、早くきみの中へ挿りたいんだ」

「あぅ…ん」

後孔の異物が残らず引き抜かれて、恒紀が鼻に抜ける声で喘いだ。

間髪を容《い》れず、ぬめる切っ先が押し当てられる。吐精後も、ほとんど硬度を失わずにいた熱杭がめり込んできた。

「っく、は……あああっ…あ、あ」

「そう。息まずにね」

腰だけを高く掲げた姿勢のまま、穿たれる。シーツを摑む手が、なにかに縋ろうと彷徨《さまよ》った あげく、枕《まくら》に行き着いた。それを引き寄せて顔を埋めてほどなく、石村がすべてをおさめ切る。

ひと息つく間も与えられず、背中に覆いかぶさってこられた。挿入の角度が微妙に変わる刺激すら、快感に繋がる。

背骨に沿い、素肌を這い上がってくる唇の感触にも敏感に反応した。

とんでもない淫声を発してしまいそうで、枕を噛んで耐える。しかし、彼に右耳朶を執拗に甘嚙みされて、かぶりを振った。

「耳……だ、めぇ」

「じゃあ、声は殺さないで、ちゃんと聴かせて?」

「ふ、ぅ…あっあっ……んあ、あ……っああ」

「うん。もっと淫乱な声でよがってごらん。ほら!」

「やあ……あぁん…あん、あん、あん……あっ」

アヌス逆ハートを貫かれながら、うなじや肩を吸い上げられる。ときには、歯形がつくらい噛みつかれたりするも、それさえ感じる。

両方の乳嘴も漏れなく弄り回され、あられもない声を放った。入院中の更生プログラムでさえ、出さなかったものだ。

幼い頃、母親に観せられたアダルトビデオの主人公を凌ぐ嬌声だった。『あん』なんて、絶対言うはずがないと思っていた。淫乱カルタの呪《のろ》いもあって封じていたが、ライブでは本当に口から出るものだと身をもって知った。

いったん己に許してしまえば、あとはなし崩しだ。『あん♡』の嵐《あらし》に、石村が頰を寄せてきて囁く。

「とても可愛い声だね」

「あ、っふ……恥ずか…し…っ」

「そういうところも、僕を煽るってわかってる?」

「え……あ、んんぅ」

熱塊で奥を攪拌するように突かれて、低く呻いた。

指では届かぬ部分を、これでもかと擦り立てられる。この肉体を持ち主よりも知り尽くす彼にかかれば、抵抗はできなかった。

抱かれるたびに、淫乱ホルモンが活性化していても不思議はない。

恒紀の性器はシーツで擦られ、またも張り詰めていた。先走りを溢れさせて、いつ極めてもおかしくない有様だ。

石村がふと上体を起こし、腰骨を両手で強く摑んで抽挿を激しくした。

それでも、狭隘《きょうあい》な内襞《うちひだ》は柔軟に撓《たわ》んで楔を受け止める。どんな行為も余さず快楽へと変換させ、愛する人をも法悦に導こうと蠢動《しゅんどう》する。

全身で彼をよろこばせたい所以《ゆえん》か、無意識にそうなった。

「さすがだね、恒紀。肛門括約筋の使い方が抜群に淫乱だ」

「柊さん、も……気持ちい…?」

「もちろんだよ」

「うれし…ぃ」

「また、そういうラブリー淫乱ワードを言う」

「えっ……あぅ、んあん」

上機嫌な返答に伴い、ひときわ深部を抉られた。そのひと突きで恒紀が達し、少し遅れて彼も吐精した。

熱い飛沫《ひまつ》で粘膜を叩かれる独特な快感に、甘い吐息をこぼす。

すべてを注ぎ終えられるやいなや、恒紀の視界が変わった。あれよあれよという間に、石村を尻に敷く格好になっている。しかも、繋がったまま身体を反転させられた。いわゆる騎乗位だ。

突然の体勢変化で、体内の精液が引力に従って逆流してくる。

「あっん……ぁ」

意図せず、後孔を引き締めてしまった。それへ合わせたように、彼が内部を掻き混ぜる。射精後、ほんのわずかな時間で回復を遂げていてすごい。

さすがは絶倫だとうっとりしながらも、楔伝いに溢れる淫液の感触に身悶えた。結合部から聞こえる水音が昂揚感を煽る。

「おっと」

中を弄られて胸を反らせた反動で、恒紀が後ろへ倒れそうになった。

立てた石村の脚で、危なげなく支えられる。そこで、シーツについていた恒紀の膝も、両方持って立たされた。

萎《な》えて濡れそぼつ性器や、彼を呑み込んだ秘処までが丸見えになる。

アヌスハートを自らの熱塊が貫いた場面を見るのが、恋人の恒例行事だ。

「柊さん、たら……また…っ」

「いい眺めだね。ど真ん中を射抜いてて」

「んぅ……自分の、アヌスに……妬きそっ……あぁん」

己の後孔に対抗意識を燃やすと、石村が強靭《きょうじん》な腰使いで突き上げてきた。双丘を鷲掴みにされて、弱点を集中的に攻められる。気のせいでなく、さらにひと回り膨張した熱杭のみっしり感が凄まじかった。

狭い筒内をそれが暴れ回るから、快感の乱発状態で大変だ。

引き締まった彼の腹筋へ両手をつき、恒紀が髪を振り乱して喘ぐ。

「あぁぁ、あ……すごっ…んん……あん」

「もう、なんて可愛らしいんだろうね。興奮しまくりだ」

「っはう……あっあ……んっ……柊さ…っ」

「恒紀のアヌスだから愛しいんだよ。きみだって、僕のペニスが大好きだっていつも言ってくれてるよね」

「そ…っふ、ん……あっ、あっ…んあぁ」

お互いさまと窘《たしな》められて、納得がいった。

石村は恒紀にとって、恒紀は石村にとって、最高に淫乱な伴侶でありたい。そのためにもと、恒紀が進んで彼の動きに合わせて腰を揺らす。

見上げてくる黒い双眸が、うれしげに細められた。こちらも微笑み返す。

「今度は、きみは僕と少しタイミングをずらしてごらん」

「あ、んっん……こ、う…？」

「そう。つづけて」

自ら腰を振り、石村の誘導にそって快楽を得た。焦らされたり、少々意地悪もされて、射精を後回しにされる。

空いた手で乳嘴や性器を弄《もてあそ》ばれ、乱れた。

ようやく恒紀が吐精を果たしたのちも、愛撫はやまない。体内をじれったく掻き回すだけの彼に、涙眼で訴える。

「やっあ……も、やだ……柊さ……きて。ちゃんと……して、よぉ」

「わかったよ」

「う、あっあ……あぁんっ」

半泣きでの懇願に、最も弱いポイントを寸分の狂いもなく突き上げられた。

おおいに惑って絶頂を極めつつ、さすがと感じ入る。しかも、ドライオーガズムで達したので快感が激しかった。

そこへ、再び熱い奔流が押し寄せて身悶える。

昂《たか》ぶりすぎて飛びそうな意識を、なんとか保った。ただ、最高に悦くて自然と恍惚めいた表情になる。

「あぅ…んふっ……ああ……あ、あ…」

「蕩け切った顔をしてるね」

「ん……身体中、柊さんで……満たされてて、幸せだか…ら」

「つまり、もっとっていう催促かな?」

「…柊さん、が……よければ」

「僕は一日中だって、きみを抱いていたい」

「おれ、は……柊さんの求めに応じて、抱かれたい」

「じゃあ、遠慮なく」

「うん♡」

「今後は、いっさい手加減なしでいくよ」

「え」

これまで手心を加えていたと知り、恒紀が愕然とする。『あれで?』と気が遠くなりかけたが、さらなる淫乱磨きに意欲も湧いた。

いったん、石村が腰を引く。優しくシーツに下ろされて、彼が覆いかぶさってきた。休む間もなく、正常位で楔が押し入ってきて抽挿が始まる。

「ああ、あ……っん…あぁ、あん」

「愛してる。僕だけの淫乱天使」

「おれ、も……愛して…る」

この夜、恒紀は万能淫乱の名に恥じぬ淫乱ぶりを発揮した。初めて、石村の全要求に失神せずに応えられたのだ。

全世界一の淫乱になれる日も、遠くない。そう確信したふたりだった。

あとがき

こんにちは。もしくは、はじめまして、牧山です。

今回は、あとがきのページ数が少ないので、早速ですが、皆さまにお礼を申しあげます。

まずは、クセのある世界観のキャラクターたちをスッキリ素敵に描いてくださった山田パン先生、どうもありがとうございました。担当さまをはじめ、関係者の方々にもお世話になりました。ＨＰ管理等をしてくれている杏さんも、ありがとう。

最後に、この本を手に取ってくださった読者の方々に最上級の感謝を捧げます。少しでも楽しんでいただけましたら幸いです。お手紙やメール、贈り物など、いつもありがとうございます。

二〇一五年　秋

牧山とも　拝

牧山ともオフィシャルサイト　http://makitomo.com
お気軽にお立ち寄りください。

トレーニング中の恒紀が
すごく可愛いかったです…！
とても楽しく描かせていただきました
ありがとうございました！
山田パン

本作品は書き下ろしです。

ラルーナ文庫

この本を読んでのご意見・ご感想・ファンレターなどお待ちしております。〒110−0015 東京都台東区東上野5−13−1 株式会社シーラボ「ラルーナ文庫編集部」気付でお送りください。

至高《しこう》なる淫乱《いんらん》の愛育法《あいいくほう》

2015年12月7日 第1刷発行

著　　者｜牧山《まきやま》とも

装丁・DTP｜萩原 七唱

発 行 人｜曺 仁警

発 行 所｜株式会社 シーラボ
〒110-0015 東京都台東区東上野 5-13-1
電話 03-5830-3474／FAX 03-5830-3574

発　　売｜株式会社 三交社
〒110-0016 東京都台東区台東4-20-9 大仙柴田ビル2階
電話 03-5826-4424／FAX 03-5826-4425

印刷・製本｜シナノ書籍印刷株式会社

ISBN978-4-87919-883-9